JN097480

杞憂に終わる連句入門

鈴木千恵子
Suzuki Chieko

文学通信

●目次

III　エッセイ

はじめに

現代連句の実作を始めて、数十年になる。その中で皆さんが褒めてくださった付けにこんなものがある。

夏の霜置く太秦の寺　　東　郁子
わかつてるでもうれしいな君の嘘　　倉本　路子
杞憂に終はる佳人薄命　　鈴木千恵子
がたつけどトロッコ列車評判に　　中林　あや

二十韻「振売りの」（脇起り）

平成十三年十月深川芭蕉記念館で、所属する連句結社猫蓑会（ねこみの）が時雨忌の正式俳諧を興行したとき、奉納した一巻の一部である。「佳人薄命」ということわざがあるので、美しく生まれついた女性は短命の陰におびえる。とりこし苦労に終わればめでたいことである。しかし、時には前提となる認識自体が間違っており、「杞憂」であったという場合もあるかもしれない。そんな諧謔（かいぎゃく）を皆さんは面白がってくれたのだと思う。

さて、おそらく世の中には他にも、過ぎてみれば杞憂であったということは転がっている。連句の実作もその一つではないだろうか。敷居が高いのではないか、式目（しきもく）が難しいのではないか。でも、私の飛び込んだ連句の世界は、魅力に満ち溢れていた。書物を読んだだけではわからない、実作の場はとても刺激的だった。本書はそんな魅力を伝えようと編んだものである。

Ⅰでは実作を通して考えたこと、実作を続けたからこそ見えてきた連句に関する小考をまとめた。

Ⅱは現代連句の作品である。第一章は、京都造形芸術大学での「連句に挑戦」の講座をまとめた。講座後のメールでの文音の記録も掲載したので、初心の方とどう実作を進めていくか、座の雰囲気も含めて伝わるのではないだろうか。第二章は節目になった作品に留書をつけた。第三章は、俳諧研究者との文音の記録である。こちらは、付けを論理化するという解説を試みた。

Ⅲは折々に書き溜めたエッセイである。自分が連句を通して、どのように人と出会ってきたかということを振り返る機会となった。なお本書で用いている連句用語のいくつかは、次のページの「本書を読むまえに」で簡単に解説した。適宜参照していただきたい。

世界的に見ても、AとBとの詩歌の掛け合い、Aに触発されてBが詩を作り、Bに触発されてCがということはあるだろう。けれどもA・B・C……が共同で一つの作品を制作するという連句のような座は稀少である。本を手に取った方が、連句という文芸形態に興味を持ってくれたら、そして実作に一歩足を踏み出してくれたら、こんなに嬉しいことはない。

令和二年　大寒の日に

本書を読むまえに——連句のきほん用語

・**付けと転じ**　連句はAが一句詠み、次のBが一句詠んでこれに付け、さらにCが……というようにして一巻を完成させる。Aの世界から想起されるものをBが付けるのである。そういった意味では、連想ゲームに近いといえる。しかし、それと同時に重要なのが、転じるということである。BからCへの連想は、決してAに戻らない。『三冊子』には松尾芭蕉（一六四四〜一六九四）の「たとへば歌仙は三十六歩也。一歩もあとに帰る心なし」という言葉が引かれている。連想して詠み進めるということは、テーマを持った物語を紡ぐということとも異なる。連句は一種、完結を拒否する性格の文芸であるといえよう。

・**長句と短句**　連句では長句（五・七・五）と短句（七・七）とを交互に付ける。ノートなどに記録するときには、短句は一字ほど下げて書くと一巻の内容、流れが把握しやすい。誤って長句に長句、短句に短句を付けることを「たけくらべ」という。なかなか洒落た呼び方である。

・**巻く**　連句をつくることを、「巻く」という。座の文学だけあって、一巻（一作品）をつくりあげるには、相互理解が欠かせない。「一巻巻けば、従兄弟ほどには親しくなる」といわれる所以である。

・**連衆**　連句の座に参加するメンバーを連衆という。私は一つの座で、よりよい作品を目指すメンバーを運命共同体と呼んだことがあるけれど、連衆はいわばワンチームなのである。

・**捌く**（さばく）　一巻を責任もって進めることを捌くといい、その人を捌きと呼ぶ。連衆を野球のチームメイトと考えるならば、捌きは監督と喩えた人がいる。捌きは、連衆の個性的な句をまとめて付ける句を選んでいく。さらにいえば、その役割はプロ野球の監督ではなく、高校野球の監督に近いのではないだろうか。よりよいものを目指すけれども、座の理念は作品至上主義ではない。高校三年の最後の夏にこの選手をバッターボックスに立たせたいというような思いが働くとすれば、それは今日の花の句は是非この人に詠んでほしいというような思いと通じるに違いない。捌きには連衆全員を楽しませるという幇間（ほうかん）的な要素も必要である。こうして作品ができあがったあとは、連衆が自分の一句一句についていわゆる著作権を主張するようなことはない。一巻は捌きによって完成されたと見なされる。

・**一直**（いっちょく）　連衆の句を捌きが一部直すこと。一部といいながら、根本の発想を尊重しながら表現にはかなりの手直しが入る場合がある。ある連衆が大きく一直され「私の句が残っていませんが……」と問うたところ、「のの字が残っている」と答えられたというのは有名な逸話である。

・**文音**（ぶんいん）　書簡やＦＡＸで連句を巻くことをいう。最近はメールによる文音も行われる。三人以上の場合、同報メールでの文音は座の臨場感が疑似体験できて楽しい。

・**治定**（じじょう）　座でも文音でも、付句を決定すること。一般的に決定することの意もある。

・**懐紙**（かいし）　連句は、伝統的には懐紙というものに書いた。**歌仙**の形式では、懐紙二枚を用い、それぞれの表・裏あわせて四つの面に句を記す。

懐紙一枚目　表――六句
（初折）　裏――十二句
懐紙二枚目　名残の表――十二句
（名残の折）　名残の裏――六句

初折については「初折」の字を略して単に「表・裏」と呼び、裏については「ウ」と記す。名残の折については「折」を略して「名残の表・名残の裏」と呼び、「ナオ・ナウ」と記す。

・**発句**　連句の第一句を発句という。芭蕉は生涯にどれだけの俳句を詠んだか？　という問いを立てた人がいるが、答えは強いて言えば、芭蕉は俳句は詠んでいない、である。発句をそれだけで創作鑑賞されるようになったものを地発句といい、正岡子規（一八六七～一九〇二）が俳句と名づけたのである。

・**客発句亭主脇**　発句は客人がその場に適ったことを詠み、亭主が脇で応答するのが原則。しかし、故人など一座に不在の作者の句を発句に立てる場合もあり、これを**脇起り**という。

・**形式**　連句にはさまざまな形式がある。その中で、本書で触れたものについて紹介する。

・**百韻**　百句・表八句、裏十二句、二の折表十四句、二の折裏十四句、三の折表十四句、三の折裏十四句、名残の表十四句、名残の裏八句。

・**世吉**　四十四句・「四」を「よ」と訓読して、当て字している。慶事を祝うときなどに使われる。百韻のうち初折と名残の折からなるもの。

- **歌仙**　三十六句・三十六歌仙による名称。前述。
- **二十四節（箙）**　二十四句・表六句、裏六句、名残の表六句、名残の裏六句。
- **短歌行**　二十四句・表四句、裏八句、名残の表八句、名残の裏四句。各務支考（一六六五～一七三一）が定めた。
- **半歌仙**　十八句・表六句、裏十二句。
- **裏白**　八句・六句。懐紙の初折の表だけのもの。表八句、表六句。
- **表合せ**　六句・八句・十句など。表六句、表八句などとは異なり、神祇・釈教・恋・無常などの表に嫌う題材も取り入れて、短形式に盛り込んだもの。季句は二季以上。
- **二十韻**　二十句・表四句、裏六句、名残の表六句、名残の裏四句。東明雅（一九一五～二〇〇三）創案。
- **源心**　二十八句・江戸川区行船公園の源心庵による名称。表四句、裏十句、名残の表十句、名残の裏四句。東明雅創案。
- **式目**　一般的にきまりという意味であるが、連歌・連句のきまりも式目という。スポーツも、ルールがあるからこそ、ゲームが成立する。ルールの中で、力を発揮することで面白さが生まれる。さまざまな式目とは、窮屈な制約なのではなく、クリアすることによってより変化に富んだ魅力的な一巻を作り上げることのできる指針であると思える。
- **余情付**　芭蕉は句の付け方が三度変わったといっている。物付（ことばの縁で付ける手法）、心付（意味をうけて付ける手法）、余情付（余韻で付ける手法）である。俗に、余情付を匂付というが、「匂」は「響・移・位」と並ぶ、余情付の中の付味の一つである。

・**有心付**　各務支考は付けの手法を、有心付・会釈・遁句の三つに分けた。いずれも蕉風俳諧の用語であるが、「有心付」は前項の「心付（意味付）」と混同されやすい。

・**打越**　①連句はA句にB句を付け、B句にC句を付けていく。そのB句を挟んだA句とC句との関係自体を打越という。②C句がA句から十分に変化していないことを打越している、打越があるなどという。A句とC句の転じの障りをも打越というのである。

・**大打越**　打越①が中一句を挟んだ前の句と後の句との関係をいうのに対して、中二句を挟んだ前の句と後の句との関係をいう。打越に変化をつけることに加えて、大打越にも変化をつけることが大切である。

・**自他場**　一巻の句を自の句（自分のことを詠んだ句）、他の句（自分以外の他者を詠んだ句）、自他半の句（自分および他者を同時に詠んだ句）、場の句（人情なしの句で、景色や時事などを詠んだ句）に分け、それぞれが打越にならないようにする。立花北枝（?～一七一八）が考案した三句の転じ方で、自他場という。

・**見込み**　「見込む」「見定める」などという。前句に付けるときに、前句の意味や余情を把握して、どのようなところに注目すればよいか、を見定めること。

・**趣向**　句を仕立てるとき、どのような内容にするかと凝らす創意工夫。

・**句作り**　具体的な表現の工夫。

I　連句に関する覚書

「面八句を庵の柱に懸置」考

草の戸も住替る代ぞひなの家

『おくのほそ道』の冒頭の著名な句で、その後は「面八句を庵の柱に懸置」と続く。「面八句」についての諸注は、以下の通り。「百韻の連句は懐紙四枚に書くが、その第一葉の表に発句から八句までを書き、表八句という」（『日本古典文学大系』）。「百韻形式の連句の初めの八句。その八句を懐紙の初折（一枚目）の表に書くので「表八句」と称する」（『新潮日本古典集成』）。「百韻連句の懐紙の第一ページめの八句」（『新編日本古典文学全集』）。いずれも、「百韻の初折の八句」と説明している。『新編日本古典文学全集』の口語訳は「草の戸も住替る代ぞひなの家と詠んで、この句を発句にして、面八句をつらね、草庵の柱に掛けておいた」とあるので、必ずしも百韻の興行がなされたと考えられているわけではないかもしれないが、その場合は「百韻の初折の八句」ではないこととなる。私は、積極的にこの時の百韻の興行はなかった、と考えるのである。

芭蕉が『おくのほそ道』の旅に立った元禄二（一六八九）年に巻かれた百韻は残ってない（島居清氏『芭蕉連句全註解』による）。近い時期でも貞享二（一六八五）年に「涼しさの」百韻、貞享三年に「日の春を」百韻が見えるのみである。歌仙は貞享四年に十巻、元禄元年に九巻、元禄二年に二十巻であるから、芭蕉俳諧の主流が歌仙であることがわかる。理由は、百韻興行に時間がかかりすぎるためである。私は連句結社の猫蓑会で、現代連句の実作をしているけれども、やはり主に連衆と巻くのは歌仙である。歌仙一巻を終えるのに、四時間程度かかるであろうか。百韻興行は数回経験したことがあるが、丸一日がかりであった。「日の春を」百韻も、月院社何丸（『七部集大鏡』）によれば、前半五十韻と後半五十韻とは二座に興行したものという。では、すでに百韻が主流ではなくなっていたこの時期の「面八句」とは何であろうか。「表八句」について、『連句事典』では②

として、「初折の表八句だけで構成される一巻八句の形式」と説明する。『おくのほそ道』冒頭の「面八句を庵の柱に懸置」の「表八句」は、まさにこの表八句だけで構成される形式と考えられるのである。

『芭蕉連句全註解』から同じ時期の興味深い形式を挙げると、貞享四年「しろがねに」十句、同「時雨〳〵に」十句、同「置炭や」表六句、同「やき飯や」表六句、同「霰かと」表六句、元禄元年「どこまでも」表六句、同「よき家や」表六句、元禄二年「小鯛さす」表六句、同「こもり居て」表六句などがある。「表六句」についても、歌仙や二十四節などの初折の六句をさす場合と、初折の表六句だけで構成される一巻六句の形式をさす場合とがある。作品だけを見ると、歌仙の初折の六句だけが残っているのか、初めから一巻六句の形式だったのか区別は付きにくい。が、『奥細道附録菅菰後考』に載る「小鯛さす」表六句は、六句目に「末なし」と付記する。「末なし」という記述は、「小鯛さす」が初めから一巻六句の形式として巻かれたことを表しているのではないだろうか。

また特に注目したいのは、「しろがねに」十句と「時雨〳〵に」十句の存在である。この二巻は『笈の小文』の餞別吟であるという。四季が詠み込まれてはおらず花の句も出されていないので、本式表合十句の形はとっていないが、巻頭に「十句」と記されており初めから一巻十句の形式として巻かれたのであろう。恋の句も詠まれている。

以上のことから、芭蕉の『おくのほそ道』の旅立ちの餞別吟としては、一巻八句の形式の表八句が巻かれたと考えるのが自然であろう。「面八句を庵の柱に懸置」の「面八句」についての注は、「百韻の初折の八句であるが、ここでは一巻八句の独立した形式をいう」ということになる。先学では井本農一氏が『新解おくの細道』で「芭蕉はこの『草の戸』の句を発句にして、表八句だけ連句を作ったのであらう」、山崎喜好氏が『新釈おくの細道』で「前途を祝う心もちに発するから、百韻の形に従った。但し時間などの関係で初表のみですますこともあり、ここもそれである」と述べている。また志田延義氏の『奥の細道評釈』には「芭蕉はこの時この句を発句にして表八句だけを独吟したのであろう」とある。氏が独吟とされた根拠は不明だが、「表八句だけ」という解釈は同様である。

続いて「庵の柱に懸置」であるが、その習慣については樋口功氏『奥の細道評釈』などに「連歌や連句の草稿は懐紙を綴ぢたまゝ是を柱に懸け置くのが常式ださうである」と、荷兮編『曠野後集』「毎月七日・十六日・廿四日、連中三会に分て、満歌仙一座、歳旦開の懐紙と同柱にかけて有けるをはづしおろして」を引いて指摘されている。引用部は、毎月七日・十六日・二十四日、連衆は三回に分けて、歌仙一巻を満尾する。その歳旦開（正月吉日に歳旦祝賀の句を披露する会）の懐紙と同じ柱にかけて有るのをはずしおろして、ほどの意であろうか。

正式俳諧興行などの綴じ合せでは、懐紙を重ね、右端に錐で穴をあけて、水引で綴じる（略式ではこよりで綴じることもあるだろう）。それをイメージしていた私は、「面八句」だけで綴じるということに違和感を抱いていた。が、やはり『連句辞典』によると「裏白」という呼称が見える。表六句や表八句だけで、懐紙の裏まで句を付け進まないと白いままである。それを正月飾りの裏白の意を掛けて用いるという。北野神社に奉納された裏白連歌に倣ったものである。とすると、餞別吟として巻かれた表八句を、初折の懐紙のみで裏白の形式で、記念に庵の柱の釘に掛けておいた、ということになる。

濱千代清氏は『俳文学研究』第十一号で、「面八句を庵の柱に懸置」は芭蕉の創案であるとみられている。「庵の柱に懸置」習慣自体についても、さらに考察が必要であろう。

「表八句」が残っていないので、今までのことはすべて推測にすぎない。しかし、現代ではその実態がつかみにくくなっていると思われる「面八句を庵の柱に懸置」ということについて、なるべく具体的にイメージしてみたいと考えた。それは「面八句」とは「百韻の初折の八句」と注釈したのでは浮かび上がらない、芭蕉の『おくのほそ道』旅立ちの創作の空間を考究することに繋がるのではないかと思ったためである。

「与奪」とは何か

○俳諧七部集『猿蓑』の「鳶の羽も」の巻「はきごゝろよきめりやすの足袋」を評して、『俳諧古集之弁』（葛松子遅日庵杜哉著　寛政五〈一七九三〉年刊　半紙本三冊）は、以下のように述べる。

此三句、自他はかれずといへども、梨子の句に前意後意あるより、其後意をすてゝ、前意にあたへ、こなたを親しく二句一体に作りて、奪ひ終れり。是を与奪の付と号く。○与奪は、四句にはたりて、中二句の按排より出づ。其塩梅に多種あれば、法の定らざるに似たれど、畢竟わかつべきものを弁ずるにとゞまれりとぞ。

文中に見える「与奪」は、今まで『連句辞典』や『俳文学辞典』に立項されてこなかった用語である。大打越までの句をあげ、解説を試みる。

5　まいら戸に蔦這かゝる宵の月　芭蕉
6　人にもくれず名物の梨　去来
7　かきなぐる墨絵おかしく秋暮て　史邦
8　はきごゝろよきめりやすの足袋　凡兆

この三句（「名物の梨」の句から「めりやすの足袋」の句まで）は、人情自他の別がはっきり分かれているとは言えないが、「名物の梨」の句に前意と後意があるので、その後意を捨てて、前意に与えたのである。「名物の梨」の句に前意と後意があるので……とは、どういうことであろうか。それは、「名物の梨」の句を前句の「蔦這かゝる宵の月」との関係で見るときには、偏屈もしくは吝嗇な人物像が浮かび上がるが、付句の「墨絵おかしく秋暮て」との関係で見るときには、風流な人物像が浮かび上がることを言っている。「名物の梨」の句の解釈としては、その付句との関係で浮かび上がる風流な趣きは捨てて、前句との関係で浮かび上がる偏屈もしくは吝嗇な人物像として、ここでは押さえる。そしてこちら（「墨絵おかしく秋暮て」と「めりやすの足袋」と）を親句的に（風流な人の快い心情を）二句が一体となるように作っている、ということである。これを「与奪」の付けと名付ける、と言っている。「与奪」は、四句にわたって、中二句の塩梅より生じる、とも言っている。ここでは、「名物の梨」と「墨絵おかしく秋暮て」との関係が問題となるわけである。

○『俳諧古集之弁』では、「市中は」の巻「そのまゝにころび落たる升落」の評にも、「与奪」の語が見える。

　此四句ふたつにはかれて（ママ）、どちらも夜分の一体となれば去嫌を咎めず。即与奪なり。但三句去物は三句つゞくの説あれど、さに見ては変化おかしからず。

同じく解説を試みる。

23　戸障子もむしろがこひの売屋敷　芭蕉
24　　てんじやうまもりいつか色づく　去来
25　こそ〳〵と草鞋を作る月夜ざし　凡兆
26　　蚤をふるひに起し初秋　芭蕉
27　そのまゝにころび落たる升落　凡兆

この四句（「てんじやうまもり」の句から「升落」の句まで）は二つに分かれて、どちらも夜分の二句一章体となるので、去り嫌いを咎めない。すなわち、「与奪」である。ただし、三句去りの物（注・夜分は三句去りである）は三句続くという説があるが、そう見ては変化に乏しく、面白味に欠ける。

『俳諧古集之弁』の影響を受けたといわれる『秘注誹諧七部集』（伝加藤暁台注・露柱庵政二補　天保十四〈一八四三〉年成）にも、「与奪」の語は見える。

　与奪ノ付也。意ハ明也。右五句ノ中曲節サマ〴〵ニシテ其捌方六ツカシ。当ノ通式ヲ可味。

「与奪」の付けである。意は明らかである。右の五句の中には曲折がさまざまでその説き明かし方がむつかしい。まさに通式を味わうべきである。

○「鳶の羽も」の巻「おもひ切たる死ぐるひ見よ」も、『俳諧古集之弁』の評を引用する。

　此四句二つにはかれて（ママ）左右ともに二句一体なれば、人倫の去嫌をいわず。勿論爰に勇夫のさまをつらねぬるより、前の二章はおのづから又の夜契る艶姿とみへて、剛柔相はかるゝ（ママ）按排玩味すべし。此場や巻中の遊び所にして、反覆往来曲節を尽せる虚実の虚実も、豈外にもとめんや。

25 うき人を枳殻垣よりくゞらせん　芭蕉
26 　いまや別の刀さし出す　去来
27 せはしげに櫛でかしらをかきちらし　凡兆
28 　おもひ切たる死ぐるひ見よ　史邦

この四句（「うき人を」の句から「死ぐるひ見よ」の句まで）は二つに分かれて左右ともに二句一章体であるので、人倫の去り嫌いをいうことはしない。もちろんここに勇夫のさまをつらねているので、前の二句一章は自然とまたの夜に契る艶姿と解釈できるのであって、剛柔の相分かれる按配を味わわなくてはならない。この場が巻中の遊び所であって、（いろいろな世界を）行ったり来たりして曲折を尽くす虚実中の虚実も、この場以外に求めることができようか、と言っている。ここでは「うき人」との契りという艶やかな世界から、「死にぐるひ見よ」という勇ましい世界に自由に転じていることを評価しているのである。

『秘注誹諧七部集』の評も引用する。

与奪也。勇士ノサマヲ相対サセタリ。是迄四句、人倫・人情打続タレドモ意味分明也。必竟四句ヲ二句ニミナス付方也。是蕉門ノ通式也。会得セザレバ迷フ事可有。

「与奪」である。勇士の様子を相対させたのである。これまで四句（「うき人を」の句から「死ぐるひ見よ」の句まで）、人倫・人情がうち続いているけれども意味は分明である。つまり四句を二句にみなす付け方である。これは蕉門の通式である。会得しなければ迷う事もあるだろう。

評の中には「与奪の付」「付方」という語が散見する。が、「与奪」とは付けの手法と言っていいのであろうか。大打越からA・B・Cと句が並び、Dという句を付けようとするとき、変化を重んじる俳諧では打越のBからは当然転じようとする。その結果としてCとDとはときに親句的であり疎句的である。つまり「与奪」ということを意識して実際に付けが成立するのかどうかが疑問なのである。むしろ、「与奪」とは付けを解釈し、評釈していく立場から生じた概念ではないかと思われる。

あいさつ

社会人の常識として「**ホウレンソウ**」（報告・連絡・相談）が重要です、というような造語が嫌だ。警視庁ホームページには「いかのおすし」という標語が掲載されている。ちなみにこれは「いか…知らない人について**いか**ない」「の……他人の車に**の**らない」「お……**お**おごえを出す」「す……**す**ぐ逃げる」「し……何かあったらすぐ**し**らせる」である。何故、このような造語・標語が嫌なのか考えてみた。強いて言えば、日本の（特に韻文の）言語遊戯の伝統になじまないからではないだろうか。一般的に、駄じゃれめいた造語・標語には文学的な機知が感じられない。諧謔、時として風刺を潜ませることができるはずの言葉遊びが、上意下達のスローガンに使われることへの違和感がそこにはある。たとえば「ホウレンソウ」と名付けなくても社会人としての常識的なコミュニケーションを取る能力が発揮されればよいわけで、わざわざ名付けられることへの抵抗感もあるのかもしれない。また、今回「いかのおすし」には疑義を呈する「対策委員会」というものが存在することも知った。名付けられると同時に、その内実を吟味せず形式を踏襲しがちとなることへの自戒を忘れないようにしたいと思う。ところで、挨拶の基本は「**あいさつ**」だそうである。「明るく・いつも・先に・続ける」挨拶の内実とはどのようであるべきなのだろうか。私が挨拶に関心を持っているのは、連句の実作でもその問題を避けて通れないからである。

　俳諧の発句には挨拶性と即興性が必要だといわれている。挨拶の例として「五月雨をあつめて涼し最上川」が、俳諧の発句であり、「五月雨をあつめて早し最上川」が一句独立体の現在の俳句であるとよくいわれる。芭蕉は大石田の高野一栄亭で「涼し」の句を詠んで、歌仙一巻の発句とした。後に実際に最上川を下り、「水みなぎつて、舟危し」（『おくのほそ道』）という状況を体験し、「早し」と改めたとも。しかし、彼が最上川の水量を実感した後で一栄亭の一座があっても、そこでの発句は「涼し」であったと推測できる。なぜならばそれが挨拶ということだからだ。最上川の奔放な流れへの実感を詠むよりも、「みちのくの最上川はなんと涼やかな景色でありましょうか」というほうが、亭主への礼儀として適っているからだ。最上川歌仙は、立石寺から（新庄）羽黒山の途上で、俳諧の道しるべをしてくれる人がいないのでと乞われて巻いた、芭蕉・一栄・曾良・川水での「わりなき一巻」（『おくのほそ道』）である。まさに一期一会の一巻であり、そこでの発句には出羽の国への挨拶が必要だったのである。

東明雅は「小笠原の礼法では真の礼・行の礼・草の礼と区別しているようであるが、発句の挨拶もせめてこれ位は分別して作らないと、効果を上げられないのではなかろうか」（「ねこみの通信」第三十七号）と言っている。そして、貞享元（一六八四）年に野水亭で名古屋の連衆と巻いた歌仙の発句である「狂句木がらしの身は竹斎に似たるかな」を真の挨拶と言っている。わが身を、名古屋で開業した薮医の竹斎になぞらえて自己紹介としたのである。こちらも全く初対面の連衆との一巻であり、『冬の日』誕生の座であるのだから、大石田以上に緊張感に包まれていたことであろう。その緊張感は連衆にも伝わっている。草の挨拶の例は、元禄七（一六九四）年の大坂の其柳亭で支考・洒堂・惟然らとの一巻の発句「昨日からちょっ〳〵と秋も時雨かな」である。後に「秋もはやばらつく雨に月の形」と改められたという。いつもの連衆との座で、時雨がばらつく中で次第に痩せる月を詠み、秋を惜しむ気持ちを共有している。行の挨拶の例は、貞享四年の由之が主催した世吉の発句「旅人と我名呼ばれん初しぐれ」である。一座は由之以下、其角・枳風・文鱗・仙花・魚児・観水・全峰・嵐雪・挙白と江戸の愛弟子ばかりであるが、『笈の小文』の旅餞別会での句である。「旅人と呼ばれてみたい」という心を表明して挨拶としている。

さらに『俳諧七部集』の中から発句を取り上げてみると、草の挨拶が多い。『猿蓑』には「鳶の羽も刷ぬはつしぐれ」（去来）、「市中は物のにほひや夏の月」（凡兆）。『炭俵』には「振売の雁あはれ也ゑびす講」（芭蕉）などである。全体として気心の知れた者同士の興行である。この中で「鳶の羽も……」は京での興行かと推定される。「市中は……」は元禄三年六月三十日付曲水宛書簡に「今夏は去来へも不レ参、加生方に休ひ、去来与昼夜申談候」とあるように、京都の凡兆亭での歌仙。「振売の……」は「神無月廿日ふか川にて即興」との前書きを持つ。これらは、俳諧の役割担当としていわれる「客発句亭主脇」の形にはなっていない。そこでは堅苦しい挨拶は必要とされなかったのである。「雪月花の事のみ云たる句にても、あいさつの心也」(『三冊子』)は脇に関する教えであるが、この三句は当季を詠み込み、「静かにはつしぐれが降っていますね」「夏の月が涼しげですね」といった情感、えびす講での感興を共有することが発句としての挨拶となっている例である。草の挨拶たる所以といえよう。

　最後に『ひさご』から「いろ〱の名もまぎらはし春の草」(珍碩)と、『猿蓑』から「梅若菜まりこの宿のとろゝ汁」(芭蕉)とを取り上げてみたい。「いろ〱の……」は元禄三年、珍碩入門の挨拶の発句である。「まぎらはし」は後印本(後に印刷された本)では「むつかしや」と訂正されている。句意は春の草の名がまぎらわしいということであるが、「私は俳諧の新風にとまどっております」という初心の表明をも含んでいる。「梅若菜……」の一巻は、元禄四年正月上旬の大津の乙州亭での興行である。東海道の丸子宿のとろろ汁を褒めているが、歌仙には「餞乙州東武行」という前書きがあり、そこには無論のこと「いい旅を」という思いが込められている。真の挨拶と草の挨拶の間には、無限の行の挨拶があるのだといえよう。

　三・一一直後、東北の研究会員に「お元気ですか」というメールは出せなかった。私たちは「こんにちは」と発するときに、「今日はよいお天気(晴雨に関らずの意味も含めて)である」ということを前提に言葉を交わしている。大震災と原発事故とを経験して、平穏に続いているであろう日々を信頼して「お元気ですか」と問えた日常の恵みというものを再認識した。韓国語の「アンニョンハセヨ」は、「安寧ですか」の意だそうである。アイヌ語の挨拶の「イランカラプテ」は、「あなたの心にそっと触れさせてください」。日常生活の中では、その内実に思いを込めた挨拶がしたい。また場に応じて、真行草を弁えた挨拶のできる俳諧人でありたいものだと思う。

「灯の花」と「盃の光」

連歌・連句において、花の句は珍重されてきた。和歌では「花」といえば「桜」を指すが、連歌・連句では必ずしも「桜」の意とは限らない。反対に「桜」と詠んでも、それは「花」の句（正花）としては認められない。そして連句では花の定座が定められるが、それは常に春であるわけではなく、夏・秋・冬・新年の正花がそれぞれある。無季の花として、雑の正花も存在する。特に白牛編、蓼太補の『華たんす』宝暦十二（一七六二）年刊には「正花論」が収められ、正花についての考察がなされている。現代の連句・俳句季語辞典と冠された『十七季』では付録に「春の正花」「他季の正花」「雑の正花」「似せものの花」などが挙げられているが、これらは「正花論」によっている。しかし中には、連歌・連句の用例のないもの、実態のよくわからなくなっているものもある。

たとえば、「雑の正花」の「灯の花」。『十七季』には「灯（ともし）の花」とあるが、その用例は見いだせない。「街の灯りがとてもきれいねヨコハマ……」という歌があったが、街の灯りが花のように美しいという意味での現代詩の「灯の花」はネットに散見する。

しかし、員九『誹諧通俗志』安永九（一七八〇）年刊には「雑の正花」として「灯（ともしび）の花　夜分也」とある。「灯（ともしび）の花」は丁子頭のことである。

「灯（ともしび）の花」の連歌の用例は三例見いだせた。

　あらはにやとる古寺の月
ともし火の花灰かなる霧晴て
　うつ碁の石をたゝく人音　（『熊野千句』第二）

名残の裏の二句目に月をこぼし、引き上げた花を付けている。「ともし火の花」を「霧」と結んで秋の句にしている。

　霜を経しかも鐘ちかき声
ともしびの花の光も消ゆる夜に
　開け放れたる春の山窓　（『天文廿四年梅千句』第五）

三の折の裏の花の定座。春の句続きの中で「ともしびの花」

を詠んでいる。

さくらさく也まとの下枝
灯の花こそ春のまくらなれ　（『行助句集』大阪天満宮本）

「さくら」に「灯の花」を付けている。「灯の花」を正花として扱っていると思われる。

近世の俳文・和歌の用例には、「ある時はともし火の花を眺めて夜を明しつつ」（『志多良』三）や「たのしみは明日物くるといふ占を咲くともし火の花にみる時」（『志濃夫廼舎歌集』）が見える。後の用例からは、丁子頭が吉兆であったことがわかる。『譬喩尽』に、

丁子頭灯火出来祝云丁子丁子七丁子福自在威徳有て長者と成らせ給へや云々

とあり、南方熊楠の『紀州俗伝』十には、

灯花立た時「丁子丁子宵丁子、明日は宝の（又黄金の）入り丁子」と云て、注意して油皿の中へ落し込む（或は云く紙に裹み置く）。然る時は物多く獲と。宵の灯花を尤も貴ぶ。料理屋博徒其他の家にても吉兆とす。

とある。

さらに浮世草子に目を転じると、『野白内証鑑』巻四の一には、

灯心花（てうじがしら）たつて光りくらくなれば、かきたつるに鼠鳴しておとさぬやうに土器の中へいれ、明日は親方の金まうけがあらふが。

とほとんど『紀州俗伝』のままの風俗が見える。なお、『野白内証鑑』の用字は「灯心花」であるが、浮世草子には「灯花」に「ちやうじがしら」「てうじがしら」などとルビを振る例が複数見られる。

現代では、丁子頭自体が生活の中でなじみの薄いものとなっているだろう。私自身、茶事の夜咄で灯心を切ったという体験があるのみである。

しかし、かつて「灯（ともしび）の花」すなわち丁子頭が吉兆であることは広く信じられていた。丁子頭が立ったときの心の華やぎは、それを正花とする資格として十分であったといえよう。

花の句と同じように大切にされているのが、月の句であ

る。月の句について考えるときに、気になるのはその異名である。連歌・連句で月の字は五句去りなので、「一月・如月・霜月」などの月並の月の句が障るときには、定座では月の異名を用いる。先に引いた『十七季』の付録には「月の異名」をも載せる。和語系の異名としては「小愛男・盃の光・弓張・有明・望の夜・十五夜・三五夜・良夜・望くだり（後略）」などが挙げられている。「盃の光」を日本国語大辞典では「（「さかづき」の「つき」を月に掛け、さらに丸い杯を月に見立てたことば）月の光。月光」と説明する。『毛吹草』巻二「連歌四季之詞」中秋に、「月のさやか」「月の都」「月の桂の花」「星月夜」に続けて「盃の光」が載る。『無言抄』の「四季詞」秋でも同様にして、「盃の光　などしても秋なり」と記す。

　また、「さかずきの影」、「杯影」（さかずきかげ）という語もある。どちらも月影、月、月の光をいう。ところが現在「春高楼の花の宴　巡る盃影さして……」という『荒城の月』を解釈する場合には、「巡る盃に射す光」というイメージのみでとらえられ、「空を巡る月光が射す」というレトリックに注意が払われないことが多いように思う。

「盃の光」に戻って、連歌の用例は二例である。

　霞を流す水ぬるむなり
　さかづきの光もしるき酒甕に
　あるじまうけも情けあるどち
（『皇学館文庫本千句』第二）

初折の裏の五句目に月を引き上げた後の、十三句目の「さかづきの光」なのでここでは「月」の異名としては扱われていないようだ。

　初元結も袖のむらさき
　さかづきの光に菊を折りそへて
　霧靄かこふ山人の宿
（『天正年間百韻　何垣』）

三の折の表の月の定座。「さかづきの光」を「菊」と結んではっきりと秋の句にしている。

　その他「盃」と「光」を結んだものは勅撰集などに数例存在する。たとえば、「めづらしき光さしそふさか月はもちながらこそ千代もめぐらめ」（『後拾遺集』巻七）。この歌は、紫式部が後一条帝の誕生を祝う宴席でのものである。「光をさす月が望て空を巡る」ことと「酒をさす盃を持って一座を巡る」ことを詠む。他の歌もみな「盃」と「月」との意を掛けて、「盃のような月」を詠んでいる。

「盃の光」が月の異名であって、それ自体が月を意味するようになる所以（ゆえん）がよく理解できる。

神祇・釈教・恋・無常

連句一巻の構成に表ぶりということをいう。

> 表ぶり　初折の表の詠み方。百韻の表八句、歌仙（三十六句）の表六句は、序破急の序にあたる部分なので、なるべく穏やかに運ぶのがよいとされる。そのため発句以外は、神祇・釈教・恋・無常・述懐・懐旧など、あらわな感情を伴うものや、地名・人名・病体などのことばは、遠慮して出さないことになっている。（後略）
>
> （『連句辞典』）

『増補はなひ草』には、

> 面八句の事　古人の名・神祇・尺教・恋・無常・述懐・同字・哀傷・宮殿の名、此分嫌也。

と、表に避けるべきものを挙げる。
『俳林良材集』には、

> 面八句に、神祇・尺教・恋・無常・述懐・故人之名・名所・同字を嫌候也。

とある。こういった記述は、すでに連歌書にも見られる。
『連歌至宝抄』に、

> 面八句のうち十句めまても仕らさる御事候。神祇尺教恋無常又は名所その外さし出たる詞なと不仕候。

とあり、『連歌至宝抄』との関係が言われる『連歌天水抄』でも、

> 面八句十句乃内に……神祇釈教恋無常名所述懐其外さし出たる詞有間敷候

とほぼ同一である。
現代連句の実作の場でも、表に障るものを七五調のリズムに乗せて「神祇・釈教・恋・無常・人名・地名などの固有名詞」と言ったりする。特に「神祇・釈教・恋・無常」は定型に収まるので、一つの成句のように唱えやすい。

以前に『艶道通鑑』を読んだときに、その部立てに違和感を持った。『艶道通鑑』の部立ては「神祇之恋」「釈教之恋」「恋之上」「恋之下」「無常之恋」「雑之恋」である。連歌・

連句の句材の一分類である「神祇」や「釈教」を四つ並べて、構成の基準としてあることに不自然さを感じたのである。しかもたとえば「神祇之巻」十四「光源氏の段」など、なぜ「神祇」に収められているのか、首を傾げたくなるものもある。

しかし近年、『吾輩は猫である』を読み返していて、その疑問が解けたように思った。

　蟇の額には夜光の明珠があると云うが、吾輩の尻尾には神祇釈教恋無常は無論の事、満天下の人間を馬鹿にする一家相伝の妙薬が詰め込んである。

『日本近代文学大系』では、「神祇釈教恋無常」を「四季などの自然に対して、神・仏・恋・死と人事的な内容のものを並べて代表させたことば、和歌や俳句の部類分けで用いる」と注釈する。厳密には和歌や俳句ではなく、それは連歌や連句の用語である。また俳諧の用語としては人事的な内容は「人倫」という言い方が一般的で、「神祇釈教恋無常」は先に見たように表に障るものをいうときに使われる分類上の用語である。漱石は江戸文化にも造詣が深く、一定の知識を持っていたであろうと思われる。注釈の内容は、四季の句無季の句いずれにも、神祇釈教恋無常が詠まれることがあるので、この説明は正確さを欠く。しかし、ここでは俳諧の式目をいう目的ではないので、しばらく措いておく。注目したいのは、「神祇釈教恋無常」がひとつの成句として扱われているという点、「人事的な内容のものを並べて代表させたことば」として理解できるという点である。それは「無論の事、……」と文章は続くのだが、「神祇釈教恋無常」にそもそも森羅万象というような語義が与えられているのではないだろうか。

話は次に『好色一代女』に飛ぶ。巻三の一「町人腰元」で呉服屋へ奉公に出た一代女は、旦那を誘惑する。二十八日、親鸞忌の日。

　旦那はつよ蔵にて、氷くだきて皃を洗ひ、かた絹ばかり掛て、「おぶく、まだか」と、お文さまを持ながらとひ給ふに、近寄、「此お文はぬれの一通りで御入候か」といへば、あるじ興覚て返事もなし。すこし笑て、「表

の嫌ひはなきもの」と、しどけなく帯とき掛て、もやくの風情見せければ、あるじたまり兼て、

蓮如上人が浄土真宗の教義をわかりやすく説いた消息集を手にした旦那に、「表の嫌ひはなきもの」と口説きかかるのである。「表の嫌ひ」について諸注は、真宗で西本願寺派を表ということと、男色に対して女色を表ということとを掛けるとする。そこにさらに東明雅校注の『日本古典文学全集』では、「連歌・俳諧の表十句には、神祇・釈教・恋・無常などの目立った句はしない制約である。この制約がないということは、恋をしかけてもよい意となる」と付け加えている。表の嫌いがない、ということにここでは恋の制約がないという意味が持たされている。それは、たとえば恋の制約がない、ということである。

表の嫌いのない、裏以降の展開では連歌・俳諧では何を詠んでもよい。神祇と釈教と恋と無常を詠んでよいのではなく、あくまでもたとえばそういったもの等々、「神祇釈教恋無常」は森羅万象を代表させた言い方なのだ。

そう考えてくると『艶道通鑑』の部立てにも納得がいく。『古今和歌集』に続く勅撰集では、「春」「夏」「秋」「冬」以下、「賀」「離別」「羇旅」「恋」「哀傷」「雑」などという部立てが一般的である。『後拾遺和歌集』には初めて「神祇」「釈教」という部立てが見えるが、いずれも四季を中心とした構成になっている。それに対して『艶道通鑑』は、「神祇と釈教と恋と無常」という四つを並べて構成の基準としたわけではないのである。「艶道」の諸相、森羅万象を書きつくそうとしたときに、それを「神祇」「釈教」「恋」「無常」に代表させてみたのだと思う。『艶道通鑑』の部立ては極めて俳諧的であると考えられる。

以上、書いてきたことを繰り返して確認したいのは、「神祇釈教恋無常」はひとつの成句としてとらえられるということ、そこには「森羅万象」という語義が与えられるということである。

歌舞伎と俳諧

フグ毒にあたって急逝したことでも有名な、八代目坂東三津五郎の芸談を近ごろ読んでいる。

『芸のこころ　心の対話』（一九六九年）では、安藤鶴夫が、「くさい」、明快な、ものわかりのいい芸に対して、このごろあいまいなある種の踊りがびまんしている、と発言したのに対して。三津五郎は、明快な踊りとひねった振りという、昔からの芸の在り様について語る。

坂東　俳諧でね、たとえば月なら月と、いきなり月をやるやつはベタづけといって、それをにおいづけにするとか、それから心づけというと御祝儀みたいになっちゃうけど、月の心を持ってくるとかいう、俳諧精神でやっていくことが正しいんです。しかしベタづけを軽蔑したということだけを知ってて、俳諧のつけ合わせということを知らないんですよ。

安藤　そういう妙味というかな？

坂東　だから昔の振付師だとか役者がやった俳句というのは、いまの人のいう俳句、正岡子規以来の俳句じゃないんで、昔の俳句というのは俳諧なんだ、連歌なんだ。だから連歌のつながり、鎖でつないでいくあの連鎖反応の発想法、前の文句から次の文句へいくテクニック。だから自然主義じゃ何いってんだかわからねえんだ。それがわかっていないからいまの踊りがつまらない。

「心づけ」については俳諧用語としてよりも祝儀としての金品という理解が一般的なので断りを入れているが、三津五郎が「ベタづけ」「においづけ」「心づけ」という付合いの用語を自家薬籠中の物としていることに感動を覚える。なお、ここでの「においづけ」とは余情付のことであり、「心づけ」も意味付ではなく有心付の意である。また、正岡子規以来の俳句と、俳諧、連歌（俳諧の連歌）の別をも深く認識している。

研究者や評論家も従来、歌舞伎と俳諧についていくつかの指摘をしている。歌舞伎の詞章に掛け言葉や、付合語の連想が見られ、文章が俳諧的であること。滑稽味を大切にする歌舞伎の理念が、俳諧と通い合っていること、などである。しかし、歌舞伎役者が自らの芸を語るときに俳諧の概念で（付合いの用語で）語るというのは稀有のことではないだろうか。ちなみに三津五郎は、以下の箇所で具体的にひねった振りについて、次のように言う。

坂東　昔の人だったら、見ないで月をあらわして、たとえば月というんでたんざくを持って、ああ、月の句を考えてるんだなという、そういうのを昔は、あ、ひねった振りだといったんだけれども。

これが彼の言う「においづけ」「心づけ」である。ここでは、前句に付句をする方法としての本来の用語ではない。月なら月という対象物を表現するときの距離の取り方を、直截に表現する「ベタづけ」。それに対して、月の心で、俳諧精神で、つけ合わせで表現することを言っているのである。

しかし、本来の用法ではないからこそ、たとえば俳句として一句を作るときの方法としても考えることができるのではないだろうか。月なら月という物を一句に仕立てるときに、その対象を直截に賞美し、「ベタづけ」として表現するのか。「においづけ」「心づけ」に相当する距離を取ったひねった詠み方をするのか。

試みに、芭蕉の句に目を転じてみる。月の句の場合は、月と言わないで月をあらわして、……ということはできない。けれども、「名月や池をめぐりて夜もすがら」。この句は、舟で池をめぐって夜を明かすという、月の鑑賞を素直に言わば「ベタづけ」で表現したもの。対して、「名月や兒たち並ぶ堂の椽」「名月や海にむかへば七小町」「明月や座にうつくしき貌もなし」と校合を重ねた句などは、月の華やかさを詠むか、幻想的な光を詠むか、むしろ侘しさで月光美を表現するかとひねったものと言えるのではないだろうか。「月さびよ明智が妻の咄しせん」も同様である。

そして、もちろん俳諧の連歌＝連句においても漫然と付けることなく、「ベタづけ」なのか余情付なのか、どのような付筋・付味で付けているのかということに自覚的でありたいと思うのである。

Ⅱ　連句作品

第一章　連句に挑戦

梅が香に——総合芸術としての連句

昭和の終わりの頃、私は西鶴の浮世草子を研究する学生だった。その縁で、富山の風狂連句会（現）の二村文人氏が東明雅先生と引き合わせてくださった。それが、連句との出会いである。

平成も気づけば、二十年もの歳月が流れている。今年に入ってからは、東大の長島弘明先生のご紹介で、京都造形芸術大学（東京芸術学舎）の「連句に挑戦」という講座を担当することとなった。単発の五回で連句の実作を、ということで悩んだ結果の内容は以下の通り。

①俳句と連句・歌仙（表六句）に挑戦〈脇〉
②季語について・歌仙に挑戦〈第三〉
③連句の約束事・歌仙に挑戦〈四句目〉
④月の句と花の句・歌仙に挑戦〈五句目〉
⑤俳諧茶式について・歌仙に挑戦〈六句目〉

脇起りで、表六句を五回で完成させるという苦肉の策である。文化・伝統学科ということだったので、「座」の芸術という共通点を持つ茶の湯との関りにも触れようと考え、数回体験したことのある「俳諧茶式」についても紹介することにした。所属する結社の正式俳諧興行も取り上げた。正式俳諧は、書道・立花・朗詠・香道などとも関りを持つ総合芸術だからである。講座の中で巻き上げた表六句。

歌仙「梅が香に」（脇起り）

梅が香にのつと日の出る山路かな　翁
　前行く人の踏める薄氷　中村　明子
受験生方程式をつぶやきて　小倉　礼子
　ねむ気吹つとぶ熱きみそ汁　矢島みどり
銀兎たち月着陸を喜びぬ　廣瀬敏閑人
　くるくるくるり色のなき風　鈴木千恵子

受講者は多くはなかったが、みな人生経験豊富な社会人の学生である。日本画を学んでいて、最終的な目標は「自分の日本画作品（できたら、桜の絵）の下で、日本酒を飲みながら連句を」という人も。実作の座の経験のあるのは一名だけで、そのメンバーとの講座は私自身にとって、たくさんの新鮮な発見に満ちていた。有名な芭蕉さんの句に、自分の句を付けるということに驚いたという感想。私はこの言葉に、俳諧人が、たとえば芭蕉なら芭蕉にいかに敬意を抱き続けてきたかを再認識した。また、三百年余の時を経て、芭蕉と一座しうる脇起りという形式の素晴らしさに思いを馳（は）せた。

そして、学生にも連句の魅力を伝えられたようで、講座の表六句終了後は、文音で歌仙を満尾（まんび）させることができた。ナオの恋から恋離れをご紹介する。

護摩焚かれ我が業嘆く生霊　　鈴木　六美
　妬む心に注ぐマティーニ　　　　　人
こんなとき薔薇を欲しがる癖の女　　佐藤　徹心
　横断歩道真ん中にゐる　　　　　　明

古典の教養の活きた恋句から、現代詩のような恋句、そしてさりげない恋離れであると思った。

後日譚がある。学生の一人が茶杓を贈ってくれたのである。知人が梅の木で作られたものだとのこと。銘は「山路」。脇起りの発句にちなんでだそうだ。こうやって世界が広がってゆくのが連句の楽しさのひとつである。私の人生は連句によって、より豊かなものとなった。

連句への入口は至る所にある。「文学」というものへの興味、「座」というものへの興味、「和」の世界全般への興味、絵画的なものへの興味……。この素晴らしい世界に一人でも多くの方が足を踏み入れてほしいと、今日も連句伝道を続けている。

◆歌仙「梅が香に」脇起り

鈴木千恵子 捌

　梅が香にのつと日の出る山路かな　翁
　　前行く人の踏める薄氷　中村 明子
　受験生方程式をつぶやきて　小倉 礼子
　　ねむ気吹つとぶ熱きみそ汁　矢島みどり
　銀兎たち月着陸を喜びぬ　廣瀬敏閑人
　　くるくるくるり色のなき風　鈴木千恵子

ウ

　秋深しふと淋しくてラブコール　佐藤 徹心
　　手帳に記す恋の暗号　明
　英国の華燭の典を寿ぎて　礼
　　おもちゃの兵は帽子目深に　鈴木 六美
　バレリーナねずみの役の初舞台　人
　　若葉の下を走る自転車　心
　夏の霜家の灯りはすべて消え　明
　　めざせ復興美し東北　礼
　歴戦の鎧一式子に譲る　美
　　鎮守の杜の社古びぬ　人
　花大樹呑んで呑まれて観て観られ　心
　　夜の銀座で喰らふ青柳　明

山路

一昨年、京都造形芸術大学で講座を担当した顚末と、実作した表六句・名残表の恋については連句協会会報に紹介させていただいた。その折の作品一巻である。

さらに後日譚としては、四人もの方が深川連句会に参加してくださった。そして、その内田遊民さん捌きの作品は、昨年えひめ連句全国大会で俵口賞の受賞となった。礼子さんとは松山での思い出もできた。

残った私の夢は「梅が香」に因んで茶杓を作ってくださった徹心さんの知人の南雲さんと、「山路」の茶杓でお茶会をすることだった。ところが南雲さんは急性肺炎で帰らぬ人となってしまった。謹んでご冥福をお祈り申し上げます。

『猫蓑作品集』二十二より転載

ナオ　覚めないで阪神優勝春の夢　礼
　鏡の国へ時空超えゆく　美
BS波活動写真いま佳境　人
　沓脱ぎ石にさざんかの花　心
マフラーをふはりと巻いて歩きだす　明
　彼方に飛んでけ頭痛肩こり　礼
護摩焚かれ我が業嘆く生霊　美
　妬む心に注ぐマティーニ　人
こんなとき薔薇を欲しがる癖の女　心
　横断歩道真ん中にゐる　明
望月夜はだらにうつすビルの影　礼
　きちきちばつたプランターから　美
ナウ　再点検食糧備蓄冬支度　人
　おはじき二つ握る幼な児　心
ゆるキャラの名前九つそらんじる　明
　鳥が帰る土手の向うに　礼
憂き思ひ集めて重き花たわわ　美
　力いつぱい競漕の会　人

平成二十三年一月　十九日　起首
平成二十三年五月二十五日　満尾
於　東京芸術学舎・文音

＊講座で表六句を終えた後の、メールでの文音の記録を、佐藤徹心さんがまとめてくれた。その記録が以下のページである。

「梅が香に」文音ウ

梅が香にのつと日の出る山路かな　翁
　前行く人の踏める薄氷　明子
受験生方程式をつぶやきて　礼子
　ねむ気吹つ飛ぶ熱き味噌汁　みどり
銀兎たち月着陸を喜びぬ　敏閑人
　くるくるくると色のなき風　千恵子

●ウ

秋深しふと淋しくてラブコール　徹心
　手帳に記す恋の暗号　明子
英国の華燭の典を寿ぎて　礼子
　おもちゃの兵隊帽子目深に　六美
バレリーナねずみの役の初舞台　敏閑人
　若葉の下を走る銀輪　徹心
夏の霜家の灯りはすべて消え　明子
　めざせ復興美し東北　礼子
歴戦の鎧一式子に譲る　六美
　鎮守の杜も社新たに　敏閑人
花大樹呑んで呑まれて観て観られ　徹心
　夜の銀座で喰らふ青柳　明子

●ナオ

●ナウ

・**千恵子**　徹心さんは前句に付けてください。長句で人情を入れてください。秋の句ですが、三秋が二句続いているので、変化をつけるために初秋、仲秋、晩秋と秋の中でも季の定まった句にしてください。

・**徹心**

1　秋の雷阿修羅も停まる赤信号
2　秋深し思い疲れてラブコール
3　桐一葉猫を導師の迷い旅
4　秋の雷確かにあつた朱塗箸
5　送り火に耳朶きらりフェルメール

・**千恵子**　「桐一葉猫を導師の迷い旅」にしたかったのですが、打越が「銀兎」で生物でした。ここでは月に住む想像上の兎ではありますが、生物でしかも獣同士の「猫」とは少し障るので、断念しました。「思い疲れて」が少しわかり難いと思いましたので、一直します。（4月19日）

・**千恵子**　明子さん、短句で人情をいれてください。恋句なので、恋句を続けてください。雑で結構です。

・**明子**

1　人待ち顔のくちびる赤し
2　薬指には赤いマニキュア
3　手帳に記す真っ赤なハート

遅くなりました。恋の句と言われてこれだけ悩むのは自分が恋から遠ざかっているか……（笑）などと考えました。どうしてもイメージが赤から抜けられず……。

・**千恵子**　「どうしてもイメージが赤から抜けられず」ということでしたが、打越が「色なき風」で色はないのですがそのことを言っているので赤は避けたほうがいいでしょう。そこで「手帳に記す恋の暗号」とさせていただきます。（4月23日）

・**千恵子**　礼子さん、付けをお願いします。雑で結構です。恋離れとなります。『十七季』では、「恋句に付けると恋になるが、一句独立しては恋の意をもたないもの」と説明しています。

・**礼子**

1　舞踏会麗人たちのデピュタント
2　チョコレートデパート巡り食べ比べ

3　英国の華燭の典を寿ぎぬ

1は昔の「舞踏会の手帖」から、2はバレンタインデーと絡めて、3は来週のロイヤルウェディングを思いながら付けました。

・**千恵子**　私の結社ではカタカナの打越を嫌います。もともとは外来の洒落た、または珍奇なものが打越さないようにといった配慮だったと思います。「チョコレート」や「デパート」などはいまや全く日常の日本語に溶け込んでおり、カタカナの打越を嫌うということに懐疑的な考え方もあるかもしれませんが。三句ともよく付いていたので、カタカナのない「英国」をいただきました。「ラブコール」という現代的な気分から「華燭の典を寿ぐ」という古風な言い回しで転じることもできると思います。捌きの趣味の問題ですが、「寿ぎぬ」は5句目の「歓びぬ」に近いので「寿ぎて」としました。「ラブコール」に自分と相手という自他の姿がはっきりしているので、ここでは、私がお祝いしている、と「自の句」としました。（4月23日）

・**千恵子**　六美さん、お待たせしました。ウ4をお願いします。

・**六美**

1　母の形見の輪島椀拭く

2　宝飾売場ブルーで統一

3　おもちゃの兵隊お帽子目深

4　玩具の兵隊トテチテチテタ

・**千恵子**　2か3をいただこうと思いました。2は字余りだったので、「宝飾売場ブルー一色」と一直してみたところ、表の折端（おりはし）に「色なき風……」がありました。発句にある文字の再出は嫌いますが、一巻の中でも同字は三句去りです。ぎりぎり三句去っていますが近いかと思い、3にしました。下七が四三なので「帽子目深に」としました。「おもちゃの兵隊」、かわいらしくていいですね。これでまた、英国と限らず自由な付けが考えやすくなったと思います。（4月24日）

・**千恵子**　敏閑人さん、長句で自以外の句をお願いします。雑で結構です。

・敏閑人

1 意気高し孤王の遠吠え砂漠燃え
2 鑑定士左見右見して閲兵す
3 初舞台チーズ抱えしねずみかな

1はリビアはどうなったか。傭兵は？ という連想。2は某局の看板番組……鑑定団の見すぎです。3はむすめのバレエ初舞台がくるみ割りの鼠でした。

・千恵子 バレエのくるみ割り人形では、鼠はチーズ爆弾でおもちゃの兵隊と戦うけれども負けてしまうんですね。自分のあまり詳しくないジャンルにいろいろと出会えるのも連句の楽しみの一つです。（4月25日）

・千恵子 徹心さん、短句で人情を入れてお願いします。雑で結構です。ウ7（裏の7句目）は月の句をお願いしようと思っています。表が一般的な秋の月だったので、夏か冬で、というわけで、徹心さんが夏か冬の句を詠まれても結構です。

神祇、釈教、述懐、妖しいもの、病体、夢、酒、鳥、虫、魚、人名、時事、旅、スポーツ、衣類、無常、雨、雪などが未だ詠まれていません。獣は、5句目に兎がいてここで鼠。一巻の中に、もうあまり獣はいらないなあ、という感じです。

・徹心

1 故にわれあり夏の日の夢
2 腕まくりして冷酒飲み干す
3 若葉銀杏を跳ねる銀輪

・千恵子「夏の日の夢」は発句に「日」がありました。「夏の夜の夢」とすることを考えましたが、くるみ割り人形のイメージが「文芸戯曲ネタ」が続くと思い、断念しました。「腕まくり」もウ4の「目深」に「目」があり、身体の打越ともみられます。「若葉の下を走る」として「銀輪」をいただきます。前句から若々しい若葉を思い描いたということで、「銀輪」の躍動感もよく付いています。（4月29日）

・千恵子 明子さん、夏の月の句をお願いします。夏の季語を入れて月を詠みます。「夏の霜」を使ってもいいし、月涼しという表現もあります。

・明子

1　停電の夜に降りるか夏の霜
2　夏の霜家の灯りはすべて消し
3　ただ一人黙して踏めり夏の霜
4　夏の霜つま先たてて踏みにけり
5　夜釣りする男の上に夏の月

夏の霜という表現を使ってみたくて考えました。先日、群馬の丸沼というところに釣りに行ってきました。ルアーフィッシングですが、なんとか大きな余震もなく40センチの紅鱒を釣り上げることができてとても気持ちよかったです。でも、「夜釣り」はそれだけで夏の季語だったんですね。

・千恵子　「夏の霜家の灯り……」をいただきました。ただし、「灯りはすべて消し」だと、「銀輪で家にたどり着いてから、月光の中で灯りをすべて消して過ごしています」というニュアンスになるかと思います。連句の教えに「続きを言うな」というものがあります。これは連句は付けと同時に転じが重要であって、ずっと一つのストーリーのある物語とは違うということを言っています。

そこで一直となりますが、「灯りはすべて消え」として、「灯りが消えた中を銀輪が走っている」という場の句としました。

夜釣りの句は、「夜釣りする男の上に三日の月」とか「赤き月」とか「丸き月」とかするかなあ、と考えました。釣りは私は人生の中で数えるほどしかやったことがありません。いつか明子さんの釣りの句が活きるといいですね。（4月30日）

・千恵子　礼子さん、雑の短句をお願いします。もう銀輪は離れること。相変わらず、まだ詠まれていない材料がいろいろあります。

・礼子

1　うなる剛球田中将大
2　勇気与えし星野楽天
3　目指せ復興美し東北

野球を観るのが大好きで、楽天が仙台で今期初試合を勝利したことから考えました。三句目は先生の柏屋のお菓子の話を合わせて考えました。

・千恵子　「懐手して野球見物」でもあったとは、広いですね。私は野球はあまり見ないほうで、特に贔屓（ひいき）のチームもないので、シーズン中も心穏やかです。一番みるのは大リーグのイチローでしょうか。「目指せ復興」をいただきました。「目」の字がぎりぎり三句去っていますが、ひらがなでもよいかと思い、「めざせ」としました。楽天を応援するとか、銘菓を応援するとかいう意味を込めて「自他」としてみました。（4月30日）

・千恵子　雑の長句をお願いします。

・六美
1　メータ指揮「第九」にミューズ降臨す
2　歴戦の鎧一式子に譲る
3　笹かまを肴に一献「男山」
4　シニアにはマイクロデシベル怖くない

1―ズービン・メータの4月11日のチャリティー演奏会をN響でみたのですが、ソロも合唱もオーケストラも神が降りてきたかと思えるほど。指揮も素晴らしかったです。2―大好きな相馬の馬追。3―男山は東北でポピュラーな日本酒と聞きました。4―正しく怖がりましょう。

・千恵子　皆さん付けが早いのでたじたじです。メータのような具体的な人名がアクセントに欲しいような場所ですが、「西洋の音曲ネタ」として。バレリーナが近いと、思いました。お酒を出してくださったのですが、「男山」の「山」が発句同字でした。シニアというのが、ユーモアがあります。シニアというか、まだ次世代を残す可能性があるかどうか、という辺りが、重要な気がして、私もかなり怖くない感覚かもしれません。（4月30日）

・千恵子　敏閑人さん、雑の短句です。ウ10は花前です。花前には恋句は慎み、花の句が詠み難くならないように軽く付けます。花前には植物の句は出さないほうがよいです。

・敏閑人
1　暦還る日風薫るなり
2　暦もどる日風薫るなり
3　鎮守の森も社新たに
4　式年遷宮技の継承

5　株主総会つつがなく了

今月還暦を迎える私の今の心境です。3、4はせんだって参拝した伊勢神宮のことを思い出して。そうだ来月は企業戦士の総決算です。

・**千惠子**「風薫る」は夏ですね。二句去っていればいいのですが、夏の句はウ6、7で終わったばかりなので避けました。「鎮守の森」をいただきます。「鎮守の杜」のほうが一般的かと思います。「杜」としたほうが、植物っぽくない、とも考えました。（5月1日）

・**千惠子**　徹心さん、花の長句をお願いします。ちょっと東北の村落の様子といった句が続いているように思うので、新しいお洒落な（?）花をお願いします。

・**徹心**

1　振り向けば着物に遊ぶ花ふぶき
2　影消えて山に花あり離れ茶屋
3　花びらの誘うが如き石畳
4　花の下呑んで呑まれて観て観られ

・**千惠子**「影消えて」の句は「山」が発句同字です。「花びら……」は一句としては全く問題ない、いい句です。ただ、あまりに穏やかな村落の様子が続いているように思いました。また、やはり酒の句は徹心さんに詠んでいただこうと思い「花の下……」にしようと思いました。が、ウ6を「若葉の下を……」としていました。四句去っていますが、どちらの句も樹木の下を言っていること、同じ作者の句ということが気になり、そこで「花大樹」と言って、その下での意とします。また、打越の「歴戦……」を自分が子に譲る、と自他の句と解釈していましたが、「呑んで呑まれて観て観られ」も自他の句と解釈できます。むしろ、「歴戦……」を子に譲る人がいる、と他の句とするの方が自然か、とこれも考え直しました。いい加減だと思われる方もいらっしゃるかもしれませんが、東明雅が「附方自他伝に背いても、三句の転じ、変化さえ付けられて居れば、それで十分」と書いたくらいなので、自他場は説明が付けばいいくらいのところもあります。（5月2日）

・**千惠子**　明子さん、まあ花の句が決まったので、ウ折端

ろです。「夜の銀座」は「呑んで呑まれて」によく付いているので、こちらをいただきます。が、「青柳喰らう」が四三です。旧仮名表記で「喰らふ青柳」としました。

（5月5日）

（12句目）をお願いします。三春か晩春の季語を入れて、短句です。人情を入れてください。穏やかな村落の様子から離れてください。

・明子

1　春手袋を銀座で拾う

2　目抜き通りで春帽子買う

3　伊勢参りには明日発つつもり

4　夜の銀座で青柳喰らう

連休はずっと仕事で外が見える受付カウンターで過ごしています。差し込むうららかな日差しがちょっと恨めしいです（笑）。

・千惠子　「銀座で拾う」は四三です。「春帽子」は「子」の字が二句しか去っていません。また、ウ4に「帽子」がありました。「伊勢参り」は神祇の打越です。差し障りばかりを先に申し上げてしまいましたが、「銀座で拾う春の手袋」などは内容がとても面白いと思いました。ただ、「花大樹」とした風景のイメージはあまり銀座とは合わないかと考えました。同じ村落の様子が続かないようにするけれども、離れすぎないように、というとこ

「梅が香に」文音ナオ

梅が香にのつと日の出る山路かな　翁
前行く人の踏める薄氷　明子
受験生方程式をつぶやきて　礼子
ねむ気吹つ飛ぶ熱き味噌汁　みどり
銀兎たち月着陸を喜びぬ　敏閑人
くるくるくると色のなき風　千恵子

●ウ

秋深しふと淋しくてラブコール　徹心
手帳に記す恋の暗号　明子
英国の華燭の典を寿ぎて　礼子
おもちゃの兵隊帽子目深に　六美
バレリーナねずみの役の初舞台　敏閑人
若葉の下を走る銀輪　徹心
夏の霜家の灯りはすべて消え　明子
めざせ復興美し東北　礼子
歴戦の鎧一式子に譲る　六美
鎮守の杜も社新たに　敏閑人
花大樹呑んで呑まれて観て観られ　徹心
夜の銀座で喰らふ青柳　明子

●ナオ

春の夢阪神優勝覚めないで　礼子
鏡の国へ時空横断　六美
BS波活動写真いま佳境　敏閑人
沓脱ぎ石にさざんかの花　徹心
マフラーをふはりと巻いて歩きだす　明子
彼方に飛びゆけ頭痛肩こり　礼子
護摩焚かれ我が業嘆く生霊　六美
妬む心に注ぐマティーニ　敏閑人
こんなとき薔薇を欲しがる癖の女　徹心
横断歩道の真ん中にゐる　明子
望月夜まだらにうつすビルのかげ　礼子
きちきちばつたプランターから　六美

●ナウ

・**千恵子**　礼子さん、ナオ折立（一句目）をお願いします。三春か晩春の季語を入れてください。皆さん、いよいよ名残の表です。だんだんと「羽織袴も取り去って」一巻のあばれどころです。

・**礼子**

1　春の夢阪神優勝覚めないで
2　夏近しきりりと締めた塩瀬帯
3　電車待つ働き蜂が列をなす
4　帰り途荷物となりし春日傘
5　春裾すれちがいざま伽羅の香

茶会に行ってきました。震災で一か月延期されたお陰で、よい気候の中、参加できました。その茶会には香席も設けられていて、友人が初の香元を努め、緊張ぶりが初々しくてかわいかったです。来週は国立劇場に、文楽の襲名披露興行を観にいきます。

・**千恵子**　明治座の歌舞伎に行ってきました。市川猿之助の歌舞伎は賛否両論あったでしょうが「傾く」という本質を行っているようで私は好きでした。（スーパー歌舞伎は別）。今日は「千本桜」。亀次郎に猿之助の芸を継いでほしいと願ってのことでしょう。中村貫太郎の封印切も、怒りのあまり金包を切るというのではなく、なりゆきで「切れてしまう」という方の型で面白かったです。礼子さん、よい季節のお茶会、楽しまれたことでしょう、香席のあるお茶会というのは体験したことがありません。正式俳諧興行で香元をしたことはあります（笑）。さて、本題の付けです。また、障りから申し上げてしまうと、4、5は「日」と「香」が発句同字です。呑んで銀座で、塩瀬帯（しおぜおび）の綺麗な女性が……というような連想はごく自然ですね。けれども、塩瀬の帯の似合いそうな礼子さんが阪神の句を詠んでいるのが面白くて、1をいただきます。上5と下5を入れ替えたほうが落ち着きがいいか、と思いました。（5月5日）

・**千恵子**　六美さん、ナオ2をお願いします。雑で結構です。

・**六美**

1　時空横断鏡の国へ

2 隠れ巨人の潜む大阪
3 只今魔女に変身中です
4 パパイヤごろりしっかり熟れてる
5 仮想世界へ窓口携帯

千恵子先生が亀次郎をマークしていらっしゃるとは……私もミニ追っかけです。踊りの上手さは抜群と思っています。NINAGAWA「十二夜」のおきゃんなお女中には魅了されました。ご覧になりましたか？　今日の午後は下北沢へ「源氏物語」の講座に参りました。かれこれ十五年になります。「宇治」に入りもうすぐ終わるかと思うと少々淋しいです。（5月6日）

・**千恵子**　基本的には仁左衛門丈命です。おのずと片岡ラブリン愛之助も追いかけることになります。お正月の浅草歌舞伎に行き、愛之助の紀伊国屋文左衛門は期待通りに、仁左衛門そっくりでした。亀次郎はそこで三役やっていたので、今年は亀次郎を観ています。「十二夜」はお麻阿の役ですね。「十二夜」は菊之助が綺麗でした。歌舞伎の話、止まらなくなってしまいます……。あまり興味のない方がいましたら、すみません。付けは「時空横断」が素敵だと思いました。「鏡の国」が四三めいているので、「鏡の国へ時空横断」とします。人情は自の打越っぽいですが、「時空横断」する人がいるという「他」と取るか、アリスのような想像の話で場とするか、あるいは、打越を「青柳」を「喰らふ」人がいると他ととるか。後で考えます。（5月6日）

・**千恵子**　敏閑人さん、雑の長句を自以外でお願いします。

・**敏閑人**

1 ＢＳ波活動写真いま佳境
2 ハイセイコーオグリキャップがシンザンが
3 また会おうパルナスでのヒースレジャーに
4 膨らんだ化粧ポーチを抱えつつ

・**千恵子**　「ＢＳ波」の句をいただきました。「膨らんだ化粧ポーチ」もいい句ですね。恋句につながりそうですね。でもナオの恋句はもう少し待とうと思いました。ここで、今までの流れを振り返ってみると、1ダンス・バレリーナ・活動写真と芸能ネタ（?）が多いです。（私の句でもあり、治定（じじょう）もしているのですが）。6句目を「くるくるくると色のなき風」と一直しておきます。３ウからナオにかけて、東北・銀座・地名が出てきます。阪神ももともと大阪阪神の意ですね。この後地名が出てくるとしつこいような気がします（特に、日本国内の地名）。一巻の中に地名などの固有名詞を活かす句と、固有名詞に寄りかからない句、両方が必要だと思います。（５月９日）

・千恵子　徹心さん、短句をお願いします。「夢」や「鏡の国」のような、活動写真の内容に戻らないようにしてください。雑の句でよいのですが、季を入れた方が作りやすかったら、まだ詠んでいない冬でも結構です。

・徹心

1　高架下では焼き鳥は塩
2　待ち人来る金運もよし
3　沓脱ぎ石に山茶花の花
4　打って返しに下駄も逃げ出す
5　湯気の向うに富士見える朝

春はあけぼの、ようようしらみはじめた空に黒い塊だったエンジの樹の若葉が瑞々しい薄黄色に浮かんでくる。なにやら急いでカラスが二羽、東に向かって行きました。早起きは三文の得、とか、先生のよい評価が貰えるでしょうか。

・千恵子　夏は夜、の自転車を走らせ、なかなか早起きのできない私です。徹心さん、付けをありがとうございました。１も、よいと思いました。「高架下」で「活動写真」の話題もでているかも。でも、「みそ汁」「青柳」と食べ物の話題も多いのです。２も「いま佳境」によく付いていますが、恋になりそうなので避けておきました。３が、大変よく付いて、転じています。人情句が続いて面白いところでしたが、自然にすっと転じています。一句としてもピタリと決まっていますが、この場での付けということがお手柄です。が、「山茶花」の「山」が発句同字でした。「山茶花」は実際の「山」ではないのですが、発句に敬意を表して、その字を避けると考えてください。「さざんか」と仮名にさせていただきます。また、私どもは仮名留めまたは漢字留め５連続を嫌う、という式目で巻いています。これは、懐紙に書かれた表記のバランスを考えてのことと思われます。ということで、「阪

神優勝」の句を元の形に戻します。（5月10日）

・千恵子　明子さん、冬の長句をお願いします。人情を入れてください。どんな世界にでもいかれそうですね。出ていない材料は釈教・病体・鳥・虫・魚・人名・衣類などでしょうか。いちおう私が、捌きをしていますが、皆さんご連衆ですので、自分の付け順以外のときでも、ご質問ご意見などメールされて結構ですよ。（5月10日）

・明子

1　漱石忌本屋のハシゴ三軒目
2　マフラーをふわりと巻いて歩き出す
3　土産には霜月蝶を買って行く
4　凍蝶に誘われるまま歩き出す
5　寒垢離を真似して足に水をかけ

どうもなかなかうまく付けられないなあ……と思いつつ……。今日は雨が降る前にグリーンカーテン用にゴーヤーをプランターに植えつけてみました。うまく育ってくれるといいなと思っていますが、節電の目論見うまくいくでしょうか。不安です。（5月10日）

・千恵子　付けについてです。漱石忌の句もよかったですが、「石」が前句の「沓脱ぎ石」と同字です。「凍蝶」も工夫して虫を出していただいた句だと思いますが、「凍蝶」はあまり動かないのではないかと考えました。「マフラー」の句をいただきます。「ふわり」は旧仮名表記で「ふはり」とします。

・千恵子　礼子さん、雑の短句をお願いします。人情を入れてください。

・礼子

1　地蔵菩薩に祈る幸せ
2　頭痛肩こり彼方に飛びゆけ
3　心の裡に病もつ君
4　松園展の人の賑わい

皆さま、こんにちは。このところ、睡眠不足で脳が思うように働いてくれません。なんとか、四句作りました。父の日には母の日には、自作の絵を実家に送りました。父の日には何を贈ろうかと、毎年悩みます。どなたかいいアイデアがあったら、教えてください。

・**千恵子** 「頭痛肩こり」の句をいただきました。下の句が字余りだったので、上下を入れ替えました。自分の絵の贈り物、素敵ですね。私はなかなかに親不孝で、特に父の日はどうしてよいかわからず、毎年ビール券でした。（5月11日）

・**千恵子** 六美さん、ナオ7をお願いします。ナオ7くらいから恋と思っているので、恋の呼出の箇所です。あるいはもう恋句でも構いません。同字のことを何度も申し上げましたが、「出」が発句同字でした。ナオ5「歩きだす」と仮名にしてください。

・**六美**

1 黒板の日直二人は両思い
2 奈津さんに似た人路地で見かけたよ
3 香水を纏って今日も彼のもと
4 アバヤ着るドバイ少女の濃い瞳
5 護摩焚かれ我が業嘆く貴妃哀れ

恋の句と言われると、途端にぎこちなくなるのは人生修行が足らない所以でしょうか。奈津は一葉の本名、アバヤはアラブの女性が被る黒い衣装、貴妃は私の愛する六（ろく）条御息所（じょうのみやすどころ）のことです。3、4は打越でしょうか。

・**千恵子** 結構とんでもない恋の句を詠んでは、いろいろと疑われている私です。うちの結社の会長は、連句の初心の方に「自分がした恋でなく、したかった恋を詠んでください」と言っていました。付けは1〜4もどれもよいですが、「見事に障り」がありました。1〜3、「日」「路」「香」が発句同字です。4はカタカナの打越、そして衣類の打越になります。ということもあり、5をいただきます。が、六条御息所と限らなくてもよいように思います。また、我が業を「嘆く」貴妃を「哀れ」に思うというのも、やや視点が定まらないように感じました。そこで、「護摩焚かれ我が業嘆く生霊（いきすだま）」としました。「魍魎」の表記もありますが、強烈すぎるかなと思い、とりあえず。この句は恋の呼出となります。（5月12日）

・**千恵子** というわけで敏閑人さん、恋の句をお願いします。初折の恋が、「ラブコール」をしたり、「恋の暗号」を記したり、素直な（?）恋だったので、趣きの違う恋がしたいところです。報われない恋とか、不義の恋とか、嫉妬心の渦巻く、かなりどろどろの恋句が続きそうですが、まあ、自由な発想でお願いします。

・**敏閑人**

1　セピア色した写真にぎりて
2　渡世の道は秘する心根
3　火照った心にマティーニを差す
4　弓削の道鏡下野でホッ

時間ばかりが過ぎていきます。このへんで妄想を収束させねば。（5月13日）

・**千恵子**　敏閑人さん、いろいろと妄想が働きましたか？マティーニの句をいただこうと思います。初折の花ですでに呑んでいるので、もう呑まなくてもよかったのですが、マティーニのお洒落さに負けました。徹心さん、もうこの一巻ではお酒は我慢してくださいね。さて、マティーニですが、前句で護摩を焚かれて調伏されているので、やはり「火照った心」ではなく「妬む心」などがよいと思いました。「妬む心にマティーニを差す」と。一直しかけて、「さす」は水をさすようなもので……。「妬む心に注ぐマティーニ」としました。他人を妬むので、自他とします。（5月14日）

・**千恵子**　徹心さん、また恋の句をお願いします。たとえば、妬み深いのが男性だとするとか、「お水」の業界の恋にするとか、何か、転じてください。雑の句ですが、もう一度ここで夏を一句つけたりしても結構です。

・**徹心**

1　雨の夜は薔薇を欲しがる癖の女
2　同伴し長くなる夜の先斗町
3　川床座敷黒づくろいの女まぶし
4　誰が為の達磨模様か一重帯
5　夏薊誘い誘われ花と蝶

先生のリクエストにより、水っぽい句を考えてみました。なんとなく、昭和歌謡調になりました。これは連句の世界にはまってきたということでしょうか？　それとも大きな勘違いでしょうか。

・**千恵子**　徹心さん、ありがとうございました。水っぽい句、お上手ですね。「雨の夜は薔薇を欲しがる癖の女」。

句会の兼題が「薔薇」でこれを出したら、周りから引かれそうですが、連句の恋としては素晴らしいではありませんか。はまってきたということだと思います。皆さん五人とも、連句的素質（と私は勝手の考えています）があって、素敵です。連句に慣れてくると、一通り式目も頭に入って、予定調和的な句が多くなるかと思いますが……。今回の捌きではいろいろ悩まされています。「雨の夜は」の句をいただきたい。しかし、月の定座の打越です。月という天体と、雨という気象現象は、天象の打越になります。月をこぼす、という判断もありますが、ここでは雨は避けようと考えました。夜といってしまっても、月は通常は夜のものなので避けたいと考えました。「こんな日は」と、一直しかけて、「日」は発句同字。「こんなとき」とさせていただきます。人情は他のような気がしますが、「欲しがる」で自他？　または打越のナオ7を場と解釈することも可能かと思います。発句も「梅」だったので、一巻の中に植物が多すぎるかとも考えてはいます。「若葉」「山茶花」「薔薇」、後は植物を愛でるのは名残の花だけにしたいと思います。（5月15日）

・千恵子　明子さん、ナオ10をお願いします。恋から離れて、雑の短句でお願いします。軽めの句でいいような気がします。

・明子

1　内田裕也の妻に似ている

2　会えば必ず雨降ると言う

3　寄り添ったまま信号を待つ

4　横断歩道の真ん中にゐる

今日5月16日は芭蕉が奥の細道に旅立った日ということで、それにちなんで「旅の日」なのだそうです。しばらく京都に行っていません。行きたいなあ、と、つぶやきつつ……むむ、と口引き結んで声漏らす、連句楽しやあな難しや。（5月16日）

・千恵子　「旅の日」、知りませんでした。京都は去年の夏に、京都博物館でやった（上田）「秋成展」をどうしても観たくて、日帰りで行ったきりです。七月に研究会で名古屋に行くのですが、京都には寄れそうにありません。付句について、「内田裕也の妻」樹木希林、立派ですね。ちょっとまだ、恋っぽいように思います。「寄り添ったま ま」も。「雨」の後は月が出にくいと思います。という わけで、「横断歩道の」をいただきます。なにか、消去 法のようなコメントになってしまいましたが、この句も とても転じが効いています。「いる」は旧仮名遣いで「ゐ る」とします。（5月17日）

・千恵子　横断歩道の真ん中で、どんな月でも眺めること ができると思うので、礼子さん、よろしくお願いします。

・礼子

1　望月夜はだらにうつすビルのかげ
2　観月の茶会にいそぐかぐや姫
3　名月のくまなく照らす仮住まい
4　あふれだす月の光と母の愛

徹心さんが、薔薇の付句をお作りになりましたが、わが 家の庭では今、つる薔薇が見頃になりますた。連句では、 現在の季節ではない情景を想像して作句する事の方が多 いですよね。最初、その事が変な感じに思えました。でも、 続けているうちに抵抗がなくなるものですね。千恵子先 生、お忙しいでしょうに、いつもありがとうございます。

・千恵子　皆さん、こんばんは。うちのベランダでは今、 鉢のミニ薔薇が例年になくよく咲いています。現在の季 節ではない情景を詠む、自分の経験したことのない恋句 を詠む（いや、実体験に基づいていてもよいのですが……）そ の辺りが俳句との違いだと思います。もう十年以上も前 に「亡き母を偲ぶよすがに納豆汁」。そんな句を作って は全くもって健やかな母に済まなく思ったりもしました （おかげさまで、母は今でも元気でおります）。明子さんの返事 に書き忘れましたが、「連句あな難しや」と感じるとき があっても、「楽しや」と思っていただければ嬉しいです。 礼子さん、「お忙しいでしょうに」と気遣っていただき ありがとうございます。今月末の高校の定期考査などを 控え、忙しくはあるのですが……。仕事に追われている ときに、一巻に入ると別世界です。私の方こそ、付き合 っていただいている皆さまに感謝です。付けは「望月夜」 の句をいただきます。（5月17日）

・**千恵子**　六美さん、初秋以外の秋の句をお願いします。たとえば、鳥・虫などの句材はまだ出ておりません。

・**六美**

1　プランターからきちきち飛びだす
2　芒の中を風受け歩く
3　芒っ原車出てもる
4　縞々緑目鬼やんま追う
5　厨に立てば虫の声止む

皆さま、ありがとうございます。毎日皆さまのメールを開けるのが何よりの楽しみです。文音がこれ程愉しく嬉しいものとは思っていませんでした。メールもすごいツールですよね。千恵子先生、素晴らしい捌きをありがとうございます。ところで付句ですが、字余り、四三苦しんでおります。

・**千恵子**　六美さん、ありがとうございました。六美さんはご存知でしょうが、文音も愉しいけれども、実際の座も愉しいですよね。付句ですが、1をいただきます。字余りなので「きちきちばつたプランターから」と一直しました。（5月18日）

「梅が香に」文音ナウ

梅が香にのつと日の出る山路かな　翁
　前行く人の踏める薄氷　明子
受験生方程式をつぶやきて　礼子
　ねむ気吹つ飛ぶ熱き味噌汁　みどり
銀兎たち月着陸を喜びぬ　敏閑人
　くるくるくると色のなき風　千恵子

●ウ

秋深しふと淋しくてラブコール　徹心
　手帳に記す恋の暗号　明子
英国の華燭の典を寿ぎて　礼子
　おもちゃの兵隊帽子目深に　六美
バレリーナねずみの役の初舞台　敏閑人
　若葉の下を走る銀輪　徹心
夏の霜家の灯りはすべて消え　明子
　めざせ復興美し東北　礼子
歴戦の鎧一式子に譲る　六美
　鎮守の杜も社新たに　敏閑人
花大樹呑んで呑まれて観て観られ　徹心
　夜の銀座で喰らふ青柳　明子

●ナオ

春の夢阪神優勝覚めないで　礼子
鏡の国へ時空横断　六美
ＢＳ波活動写真いま佳境　敏閑人
沓脱ぎ石にさざんかの花　徹心
マフラーをふはりと巻いて歩きだす　明子
彼方に飛びゆけ頭痛肩こり　礼子
護摩焚かれ我が業嘆く生霊　六美
妬む心に注ぐマティーニ　敏閑人
こんなとき薔薇を欲しがる癖の女　徹心
横断歩道の真ん中にゐる　明子
望月夜まだらにうつすビルのかげ　礼子
きちきちばつたプランターから　六美

●ナウ

冬支度食糧備蓄再点検　敏閑人
おはじき二つ握る幼な児　徹心
ゆるキャラの名前九つそらんじて　明子
鳥が帰る土手の向うに　礼子
憂き心集めて重き花たわわ　六美
力いつぱい競漕の会　敏閑人

・**千恵子**　いよいよ、名残の裏です。敏閑人さん、初秋以外で人情を入れてお願いします。（5月18日）

・**敏閑人**

1　空晴れて家庭菜園収穫祭
2　秋深し妻とふたりでレコード観賞
3　震度三地上十階大騒ぎ
4　冬ごもり食糧備蓄を再点検

息子からスマートフォンをプレゼントされて、初めての作成です。ちゃんと届くか。やれやれ。授業で新宿御苑に通い詰めています。今日で三日目。きちきちバッタにはまだあっていません。

・**千恵子**　敏閑人さん、スマートフォンのプレゼント、いいですね！　ちゃんと届いていますよ。さて、付けです。「空晴れて」の「空」は、「月」と天象の打越になってしまいます。「秋深し」の季語は、ウ折立でも使ったので避けておきます。「震度三」は、季語がないのでは……。「冬ごもり」は、冬の季語となってしまうので「冬支度」としていただきます。中八で字余りなので、「を」はいらないと思います。その結果、全部漢字の句となりました。「冬支度食糧備蓄再点検」これはこれで面白いと思います。「秋深し」ではなく「冬支度」にしても、「夏の霜」「春の夢」と春夏秋冬のそのまま（？）という句が揃ってしまったのは、単調かなと少し気になっています。後ほどまた一直させていただくかもしれません。新宿御苑は、何の授業でしょうか。東京芸術学舎の授業は、本当に多彩ですね。数多くの講座の中から「連句に挑戦」を選んでいただいて、皆さん改めてありがとうございます。（5月19日）

・**千恵子**　徹心さん、雑の短句をお願いします。人情を入れてください。皆さん、いよいよ最後の一巡ですね。名残の裏、名残惜しい気持ちを共有して進みましょう。

・**徹心**

1　汀はるばる金銀の鞍
2　せめてのんびり千年の街
3　戦国の世を秘す武芸帖
4　十年物は酸いか甘いか
5　缶にころころキャンディ二つ

名残を惜しんで寄せる波と渚、を連想して作ってみました。21日から、京都のスケッチに行ってきます。神護寺とその周辺の高雄周辺をまわる予定です。京都はそろそろ鱧（ハモ）の季節でしょうか。宿は妙心寺内の宿坊です。宿坊の泊まりは初めての経験です。いい句でもできれば、と思っています。千恵子先生いい生徒でしょう。

・**千恵子**　徹心さん、ありがとうございました。5が転じが効いていて、いいと思いました。が、キャンディがカタカナの打越でした。また、食糧に食料を付けるのでない方がよいです。缶でころころしそうなもの、おはじきを考えました。さらに、「缶にころころ」は「ころころとある」の意となり、場の句です。「缶をころころおはじき二つ」とすれば、「缶を（振ると）ころころ」と、自の句にとれます。しかし、「おはじき二つ」では、四三でした。いろいろと考えて、はっきりと人情を入れて、「おはじき二つ握る幼子」としました。だいぶ変わってしまいましたが、大人はせっせと食料備蓄をしている、子どもは大事におはじきを握っている、という付けになります。子どもが大事におはじきを握っているという句は、次に食料備蓄とは全く離れて、付けやすいと思います。京都いいですね。「かわらけ」を投げてきてください。妙心寺って行ったことがないですね。広隆寺は半跏思維（はんかしゆい）像（ぞう）が好きで、何度もいきましたが、宿坊は鎌倉で体験したことがあります。（5月19日）

・**千恵子**　明子さん、雑の長句をお願いします。

・**明子**

1　待ち受けに可愛い笑顔保存して
2　九時発の循環バスを待っている
3　恐竜も仔犬も眠る午前二時
4　ユルキャラの名前の九つそらんじて
5　帽子屋の踊る姿に気をとられ

今日は国技館で相撲を観てきました。運よくチケットが取れたのですが。生での観戦はやはり迫力があって手に汗握りました。ついでに、江戸東京博物館で五百羅漢展をみて、吉良邸跡と回向院（えこういん）を歩いて、スカイツリーももちろん見えて、ちょっとしたおのぼりさんでした。とても愉しかったです。

・千恵子　明子さん、ありがとうございました。お相撲、生で観たことはありません。愉しそうですね。お土産とかたくさん付くのでしょうか。付句は「九時発の」と「ユルキャラの」と迷いました。「九時発の」は何気ない句のようですが、面白味があると思います。「ユルキャラの」は前句によく付いています。しかし、「循環バスを待っている」は、ナオ10の「横断歩道の真ん中にいる」と句の形が似ています。「ユルキャラの」は、第三でも、「方程式をつぶやいて」いてそらんじていた、と、気になりました。が、気にしないことにして、「ゆるキャラの」としていただきます。打越が自の句なので、他の句として「そらんじて」いる人がいると考えます。前句の「幼な子」がそらんじているというのも自然なので、他のあしらいとしてみました。厳密には前句の幼な子の容姿・持ち物・衣類などを付けたものをいうのかもしれませんが。ここ数年、彦根に何度か行きました。子どもの俳句を募集していて、「ひこにゃんはお外に出れない雪だから」というのがありました。季語の入り方が自然だし、いい句だなあ、と思いました。

それにしても皆さん、ちゃんとよく五句付きますね。いろいろな発想で五句並んでいて、初めての一巻で立派です。（5月21日）

・千恵子　礼子さん、雑の短句をお願いします。幼な児がゆるキャラの名前をそらんじている、という世界から離れてください。花前なので、穏やかな句でよいと思います。

・礼子

1　ハープの調べ庭に流れる
2　裏の空き地に雀ちゅんちゅん
3　土手の向うに烏が帰る
4　駅前通り突然の雨
5　列車が運ぶ老若男女

土、日曜は、展覧会と食事会とコーラスの練習と演奏会というスケジュールでした。今日はアールグレイで頭を覚醒させて、付句をつくりました。千恵子先生、連句は楽しいですね。先生のご指導のお陰です。

・千恵子　皆さま、こんばんは。土日は、研究会でした。

礼子さん、コーラスもやっていらっしゃるのですね。付けは、「冬支度の横で？　幼な児がゆるキャラの名前をそらんじている」と、一般家庭？　を思わせるような流れになっていたので、ここは少しでも離れようと、「庭」や「裏の空き地」ではなく、「土手の向う」にしました。「鳥が帰る」が四三っぽいので、上下を入れ替えました。「千恵子先生、連句は楽しいですね。先生のご指導のお陰です」と言っていただいて。楽しいですよね！　私の指導もいいのでしょうが（?!）連句自体が楽しいのだと思います。（5月23日）

・千恵子　六美さん、お待たせしました。名残の花をお願いします。

・六美

1　憂き我に花の無心に散る夕べ
2　花霞洛中洛外鐘の音
3　憂き心集めて重き花たわわ

皆さま、おはようございます。苦手な花の定座があたってしまいました。満開の花を見ると、私はどうも美しさより憂うつや狂おしさを感じて落ち着かなくなってしまいます。めでたい花の句はなかなか難しいです。肩に力が入ってしまいます。

・千恵子　六美さん、名残の花をありがとうございました。花の句が苦手とおっしゃいますが……私は憂うつさや狂おしさをも含めて、桜が好きかなと思います。「花霞……鐘の音」もよかったですが、打越の「そらんじて」に暗誦している音を感じるので（意味的に）、「憂き心」をいただきました。（5月24日）

・千恵子　敏閑人さん、いよいよ挙句（あげく）です。挙句については『十七季』では、542頁。要点を引用すると、やすらかに作り、なるべく後を引かぬような句をあっさりと付ける。花の綴目（とじめ）（初折ウラの折端＝初折ウラの12句目）に使った事物を使わない（今回は虫など）。また、私の結社では挙句は発句（ほっく）に戻らない、ことになっています。『三冊子』に、「たとえば歌仙は三十六歩也。一歩もあとに帰る心なし」とあるように、一種の円環的な完結を拒否するという考え方です。発句に使ってある事物、たとえば植物は使いません（まあ、挙句は名残の花の句の後なので、たいてい植物は使いません）。さらに、「日」がでているので、天象は使わない。といった具合です。三春か晩春で、人情を入れてください。

・敏閑人

1 つつうらうらのやすらい祭
2 屏風の陰にみゆる草餅
3 障子の陰に蓬餅置く
4 稚児が興じる紙の風船
5 力尽くした競漕の会

後半戦にはいり、息切れ失速の状態です。弱音はこれくらいにして。

・千恵子 敏閑人さん、大丈夫ですか。私もちょっと疲れたのか、前のメール、花の綴目（初折ウラの折端＝初折ウラの12句目）に使った事、物を使わない（今回は虫など）は、今回は食べ物などの間違いでした。ウ折端の「青柳」の句と、ナオ折端の「きちきちばつた」の句を勘違いしていました。すみません。お疲れの敏閑人さんに、食べ物の句を二句も考えてもらってしまいました。「競漕の会」をいただきますが、上七が少し不自然なように思います。歌仙に「力尽くした」という実感が反映しているのかも？　ここはもうひとがんばり「力いっぱい競漕の会」としましょう。以上で、脇起り歌仙「梅が香」のメール文音も終了です。「連句に挑戦」の講座からおつきあい、ありがとうございました。実は明日から、修学旅行の下見で北海道です。日曜は伊勢原の大山阿夫利神社の能舞台で正式俳諧興行です。「梅が香に」の一巻は、ちょっと時間をいただいて、全体を校合して、またメールを差し上げます。（5月26日）

・千恵子 皆さん、お待たせしました。北海道から帰ってきました。満尾した、脇起り「梅が香に」歌仙をいろいろと校合してみました。

○4句目。「吹つ飛ぶ」。ナオ6にも「飛ぶ」があるので、「吹つとぶ」としました。

○オモテの折端。ウ5に「バレリーナ」が出たので、「ダンス」を一直していましたが、発句が「のつと」で、折端が「くるくると」がちょっと気になりましたので、さらに「くるくるくるり」としました。

○ウ4「おもちゃの兵隊」は字余りなので、「おもちゃの兵は」としました。

○ウ6「銀輪」。普通の字なので「銀」は3句去りですが、「銀兎」に「銀座」もあり印象が強いと思いますので、普通に「自転車」に。

○ウ10「社新たに」は打越の「復興」にイメージが強いということに気が付きました。反対の方向ですが、「社古びぬ」としました。

○ナオ折立て、留めの問題で、「春の夢……」の形になっていましたが、「覚めないで……」に。

○ナオ2「時空横断」、ナオ10「横断歩道」の句を治定してしまいました。同じ語なので、「時空越えゆく」に。

○ナオ6「飛び行け」→「飛んでけ」。字余り感の解消。また、ナオ2「時空超えてゆく」としたので、「ゆく」という動詞が近くなってしまったため。

○ナオ10「横断歩道の」の「の」をとりました。

○ウ折立「秋深し」、ウ7「夏の霜」、ナウ折立「冬支度」と春夏秋冬の上五シリーズになってしまいましたのでナウ折立の上五と下五を入れ替えます。

○ナウ3「そらんじて」。打越の名残の花に「集めて重き」と「て」があるので、「そらんじる」。

○ナウ5「憂き心」→「憂き思ひ」。ナオ8の「妬む心」とあるのが、気になったので。

以上、初案がずいぶんと一直され、ご不満な点もあるかもしれませんが、とりあえず記念の一巻ということでお許しください。（5月31日）

用語解説

○**校合**（きょうごう）　連句用語に限らず、写本の本文などの異同を照らし合わせることをいう。「こうごう」ともいい、連句では、「きょうごう」で、一巻満尾の上で障りや字句を正すことをいいます。

○**満尾**（まんび）一巻が完了することをいう、連句用語です。

第二章　連句作品

関口芭蕉庵で初めて捌(さば)かせていただいた作品。秋元正江さんをはじめとして、諸先輩方に助けられての座だった。

◆歌仙「初捌き」

鈴木千恵子 捌

啓蟄や初捌きの座和やかに　正江
　濃き紅梅を飾りたる床　清子
駆けりくる素足に春の土あげて　文人
　鉄棒ぐるりさかさ空見る　昭男
箔おきて月の文様仕上がれり　江
　秋鯖並ぶ浜近き市　人

ウ

姉妹願の糸の笹に揺れ　清
　三角四角五角関係　千恵子
ただ一途情けある君憶ひつつ　昭
　すつてんころりん屋上の猫　清
われクマソみちのくの地に生まれしか　昭
　鬚のしづくを拭ふ焼酎　江
薪能殺生図絵を照らす月　清
　迷路がはやる不可思議な現代(いま)　昭
出張の相部屋同輩(とも)の癖を知り　人
　店の名入りの灰皿を出す　同
枝垂木の花を被れる馬の神　江
　田螺を掘りてうらなる里　清

ナオ
菱餅をババロアにして子ら集ふ　江
　いよいよ進む籠耳の母　清
いにしへの楽の音うれしオルゴール　昭
　ベーカー街の二二一B　清
透明な氷柱速達受け取りぬ　江
　こがれし女の名前命名　同
恋の橋渡るの恐いびびつちやう　清
　袋小路の先は「一通」　人
住職の飼ひて羽抜けの烏骨鶏　清
　のつぺらぼうが留守番をする　同
桂なる大樹異国の月に生え　昭
　灯台の下かねたたき聞く　江

ナウ
いつものときいつもの駅のそぞろ寒　清
　原色ばかり錠剤の粒　江
体にも宇宙の謎のなほ残り　人
　化粧塩打ち雪代の鱒　清
秀衡の塗り碗運ぶ花の楼　千
　かすみて遠き山の畳々　昭

昭和六十三年三月六日　首尾
於　関口芭蕉庵

◆半歌仙「満開の花」

鈴木千恵子　捌

満開の花に流るる神田川　正江
　橋うららかにわらべらの声　清子
揺り椅子の読書三昧春暮れて　文人
　耳もこすらぬものぐさな猫　和久
タピストリ月は砂漠に太き絲　江
　日展を出て雑踏のなか　人

ウ　今年酒赤提灯をわけて入り　千恵子
　送つてちやうだい遅くなつたら　清
下心あつてホラーの映画見せ　久
　換気扇より出る幽魂　清
くもの子のうごめきそめしつかの間に　江
　月残る道木苺を摘み　人

　おくのほそ道紀行三百年記念全国連句大会で佳作をいただいた作品。

○選者　大林杣平　氏評

「応募作品の殆どが型にはまって巻進められ妙味を感じられないのに、この巻は大いに変化がある。発句に花、月の扱いの妙を心得て進めている。半歌仙ではあるが、恋句をもう少し強く、冬の句、外国、時局をとり入れたら一層よくなるだろう。第五句目「タピストリ」なる語は未だ一般化していない。したがって註記すべきである。」

軽石でこする踵も鉱泉湯　清
しぼむ彫物隠す職人　人
「近頃の若い者は」と言ふが癖　千
集合論に親も形なし　久
見つけたる叡山すみれ壺すみれ　江
きれぎれに聞く遠き雉笛　久

平成元年四月二日　首尾
於　関口芭蕉庵

◆歌仙「泡雪の」

鈴木千恵子 捌

泡雪の信濃の国に師を思ふ　鈴木千恵子
　金縷梅（まんさく）ひらく谷ふかき宿　原田 千町
蒸鰈好物の母ほぐしゐて　久保田庸子
　ＰＨＳ手放せぬ日々　千
対局の続くこのごろ月も痩せ　松本 杏花
　秋の袷の色のはんなり　庸

ウ

濁酒恋の行方も不透明　千
　うかとハンサム逃がす口惜しさ　高野 永世
猫塚と犬塚拝む回向院　庸
　義賊の逆を住専はゆく　千
医師が打つ血清エイズはびこらせ　町
　エンゼルフィッシュひらりひらりと　庸
玲瓏と切子透かして月涼し　千
　一刀三礼刻む弁天　花
秀吉を演じて上る大人気　庸
　少し汚れたこうのとり来る　千
巴里の街モンマルトルも花曇り　世
　風船売りの鳴らすハモニカ　庸

第十一回国民文化祭とやま'96で連句協会会長賞をいただいた作品。

　東明雅先生と志田延義氏に選んでいただいたのが、嬉しかった。発句は、スキーで友人宅に遊びに行き、松本に降り立ったときにふわっと淡雪が舞った瞬間である。

ナオ

抱卵期ひつくり返す砂時計　町
　お好みもんじやかりかりと食ふ　千
窓の外いつの間にやら雨模様　花
　狐火もゆる山裾の墓　庸
ドラキュラの黒のマントに包まれぬ　町
　ちぎれんばかり唇を吸ふ　千
後朝の珈琲の味覚ます夢　花
　悠々自適けふもあしたも　世
内孫と外孫あはせ十五人　庸
　不協和音でくつわ虫鳴く　千
月蒼く照らすロダンの地獄門　町
　よどんだ池に曼珠沙華投げ　花

ナウ

詩一篇深くしみ入るわが胸に　世
　岳父の磨く五番アイアン　庸
床の間に琴の袋は小紋柄　町
　名札をつけてもらふ入学　花
花見船仕立ててふらと旅に出ん　千
　風光るとき心軽やか　世

平成八年三月　十日　起首
平成八年四月十四日　満尾
於　光ヶ丘近隣センター

◆半歌仙「新緑を」

鈴木千恵子　捌

新緑をゆるがし庵に風渡る　　鈴木千恵子
　奥処に響く小さき滝音　　東　郁子
うきうきと油彩の筆を走らせて　　今宮　水壺
　紙飛行機をひよいとぶつける　　岩井　啓子
野球場月に照らされホームラン　　登坂かりん
　夜食につまむ手作りの菓子　　市野沢弘子

ウ
くねりゆく竜踊のあと追ひて行き　　ん
　シーボルト像古くあたらし　　壺
「愛してる」七か国語で言つてみて　　啓
　すべり落ちたる下着赤色　　弘
闘牛士牛が横目を使ひゐる　　壺
　島にひつそり上皇の墓　　郁

　第十回全国連句新庄大会で優秀作品賞をいただいた作品。

○選者　土屋実郎　氏評
「「新緑を」の巻は全体の流れがよく、ウ五の「闘牛士牛が横目を使ひゐる」の句が恋離れとして効いているのに感心した。ウ九の「名人の如き」という表現が気になった。」

○受賞者から
　　土地の縁・人の縁
　この度、第十回全国連句新庄大会で優秀作品賞をいただきましたのは、日頃の明雅先生の御指導や連衆の皆さまのお蔭と、心より御礼申し上げます。

　私は、全国連句おくのほそ道三百年記念大会で、佳作をいただいたことがありまして、その時から新庄という土地を大変ゆかしく思っておりました。

　また、今回選をいただいた土屋実郎先生とは、富山の国民文化祭で御一座させていただいたことがございます。こうしてその土地土地や、いろいろな方々との縁が深まっていくのも、連句の魅力のひとつだと思います。

　一方で悲しい別れもございました。「新緑を」の連衆で

望郷の凍月仰ぎ波静か　弘

酔ひどれ医者が嚏連発　ん

名人の如き幼児のバイオリン　郁

オオムラサキの蝶育つ里　同

谷崎が描きし花はこの辺り　啓

春の日傘をそつとたたみぬ　弘

平成十年五月三日　首尾

於　江東区芭蕉記念館

ご一緒した岩井啓子さんが、その後五十歳という若さでこの世を去られました。末筆ながら、謹んで御冥福をお祈り申し上げます。

猫蓑会第一回源心コンクールで佳作をいただいた作品。
連衆の若林文伸さんは栃木県、山寺たつみさんは長野県在住。

◆源心「雪しぐれ」

鈴木千恵子　捌

雪しぐれモノクロの街動き出す　鈴木千恵子
　睫をそつと拭ふ手袋　若林　文伸
からくりの時計の針の重なりて　山寺たつみ
　糀の眠る酒の発酵　千

ウ

トレーラー積み荷作業を覗く月　伸
　エヴァ呼ぶアダム声のさやけし　み
石榴割るすべてを君に捧げんと　千
　未踏の沢の遡行連続　伸
信玄の隠し湯の夜は旅疲れ　み
　座敷童子が背で微笑む　千
洗濯機低く唸れる全自動　伸
　香具師の啖呵に人だかりする　み
篝火に夢見る花のイリュージョン　千
　琉球列島ご御晴明節　伸

ナオ　春炬燵うから集へば老いもゐて　み
眼鏡の奥の光る鑑定　千
六世紀円墳群の丘に立ち　伸
捨てればこそと踊る空也忌　み
再生紙象牙の色のやはらかき　千
彼と頬張るランチ焼肉　伸
月涼し人待つ閨に肌熱く　み
翅を濡らして蝉生るる宵　千
初飛行ハングライダー鳥となる　伸
七つボタンに憧れた頃　み
ナウ　労咳といふ語は今や死語と化し　千
南に広く採りし縁側　伸
園丁の方に花片どこからか　み
携帯電話切れば亀鳴く　執筆

平成十四年三月七日　起首
平成十四年四月四日　満尾
文音

◆半歌仙「ゴッホの糸杉」

鈴木千恵子　捌

春の空ゴッホの糸杉揺らぎゐる　鈴木千恵子
　親馬仔馬駆ける野の果　武井　雅子
山笑ふ超高層を立てすぎて　東　　明雅
　やはりいつもの定食に決め　原田　千町
大潮の大波に見る月の影　松島アンズ
　幾何学模様保つ雁行　千

ウ

ハロウィーン魔女の衣装の裾をひき　雅
　死ぬほど嫌ひ医者と政治屋　明
外面のよくつて外ぢや悪い酒　町
　ケータイに来るゴメンネの文字　ア
冬襖玉手我が子に濡れかかる　千
　榾の宿にはささらこきりこ　雅

東明雅先生と最後にご一座したときの作品。柏に向かうために乗り換えた山手線の沿線では、針葉樹が捩じれたように空に伸びていた。そんな発句。

鵜飼舟無月の川に焚く篝　明
　遠くて熱い国の噂も　町
次世代に世界遺産を伝へゆき　ア
　コロッセウムを埋める観衆　千
草野球ヒットを飛ばす花の奥　雅
　笊の中には浅蜊蛤　明

平成十五年二月九日　首尾
於　光ヶ丘近隣センター

◆歌仙「一※文字ぐるぐる」

鈴木千恵子 捌

一文字のぐるぐるぐると師を偲ぶ　鈴木千恵子
　二合半を酌む霜月の宵　橘　文子
象牙彫根付の細工稠密に　林　鐵男
　高等遊民てふ者の在り　青木　泉子
秋深き新空港に人捜す　内田　遊民
　水面に映る飛鏡砕けし　千

ウ

蚯蚓鳴く書斎に籠る作曲家　文
　訪なふ声の誰やらに似る　男
父の名を言はず秘密の子を育て　泉
　梨園騒動又も発覚　民
新興の教祖に縋り舞ひ狂ひ　千
　馬面剝の味噌漬は美味　文
除草機の泥を落として月の納屋　男
　ナビゲーターの設定を変へ　泉
牢名主牢後の老後やや不安　民
　平賀源内火浣布を織る　千
アイロンで伸ばす旧札花吹雪　文
　ど忘れ辞典縁の暖か　男

全国連句いなみ大会'05で南砺市長賞をいただいた作品。明雅先生が亡くなられて一周忌。猫蓑会の一同は、墓所の往生院へと向かった。法要の前日、私は二村文人(ふたむらふみと)さん・青木秀樹さん・橘文子さんと熊本の夜の町を歩いた。入った居酒屋で目を引いたメニューは「一文字ぐるぐる」である。出てきた料理は、葱ぬたであった。その体験を発句に詠んでいる。

いなみの大会では、最優秀作が琵琶演奏で歌われる。この作品は惜しくも朗詠を逃したが、二村さんに「どっちみち、一文字のぐるぐるぐると〜では演奏に乗りませんね」と言われた。

ナオ　白子干やはりお頭付いてます　泉
　緑内障の夫いたはる　民
ピンバッヂ登山リュックに中高年　千
　冒険王を読むハンモック　文
爆破音地雷撤去の遅々として　男
　轍の跡に溜まる雨水　泉
冬の虹渡り三世を思ひをり　民
　ヨン様でなくチュンサンが好き　千
筋肉に見とれシャッター切り忘れ　文
　折り返し点応援の旗　男
決断のことば投げ上ぐ満月に　泉
　べつたら市の店を選んで　民

ナウ　黄鶺鴒小さきせせらぎノックする　千
　古行李より現るる舌出し　文
真贋に確信もてぬ鑑定士　男
　自治体主催ＩＴ教室　泉
花の宴小角を模して高足駄　民
　うららの丘にロンド奏でる　泉

※熊本の葱ぬた

平成十六年十二月五日　首尾
於　江東区芭蕉記念館

◆歌仙「臍より花」

鈴木千恵子　捌

弧状列島臍より花の咲きそむる　鈴木千恵子
　お玉杓子の光り出す頃　内田　遊民
春暖炉オペラ談義のきりもなし　島村　暁巳
　ケータイメールちらちらと見る　武井　雅子
工事場の日程表に月射して　生田目常義
　しきりにすだく何の虫やら　民

ウ

神嘗祭威儀正たる大宮司　雅
　八百万なる恋の型録　巳
文豪もディートリッヒにラブコール　民
　革命生れよ銃の先から　義
細工師の集ふ工房半地下に　巳
　天井カツ丼親子丼など　雅
槍ヶ岳てつぺんに見る夏の月　同
　諸肌脱ぎの校歌斉唱　義
あの頃は蚤虱だと大騒ぎ　民
　旅人なれば掻き捨てて行く　義
枝垂桃紅と白とをこきまぜて　巳
　鳴き定まれるうぐひすの声　民

第二十二回国民文化祭・とくしま2007で国民文化祭実行委員会会長賞をいただいた作品。

この年の桜の開花は、東京が一番早かった。そんな発句。国民文化祭で大きな賞をいただいたのは初めてだったので大会には是非とも参加したかったが、勤務先の文化祭と重なって赴くことができず、大変残念だった。授賞式には、代わって生田目常義さんが出席してくださった。

ナオ

海市たつ沖に網置く舟ゆるる　雅
　灯台守の語る妖怪　巳
澄む眼視力は五・〇らしく　義
　壁画に描くジラフバイソン　同
お年玉『ドリトル先生』買つちやつた　巳
　ずっと後引く妙な初夢　民
飛び乗つた電車は女性専用車　雅
　露天風呂ではタオルきつちり　巳
労咳の薄き鎖骨に口付けし　千
　駈落の先迷ふ追分　義
閑かなる棚田に月の朗朗と　民
　小学生がゑのこぐさ振る　雅

ナウ

鰡を焼く大ぶりの盃含みつつ　義
　金仏壇を守る毎日　雅
奥の奥そのまた奥にお宝が　民
　マトリョーシカをおみやげにする　巳
没落の貴族の園に花仰ぐ　千
　梨地の椀に浮ぶ青海苔　雅

平成十九年四月一日　首尾
於　江東区芭蕉記念館

大学の同じ研究室の先輩の二村文人さんと、後輩（同期？）の奥野美友紀さんとの作品。

校合前には、一巻の中に「松林」「松茸」「松烏賊」と「松」が三つもあった。

◆半歌仙「松林図」

鈴木千恵子　捌

淡く濃く淑気ただよふ松林図　鈴木千恵子
　連子窓より響く初声　奥野美友紀
大試験鉛筆の先尖らせて　二村　文人
　オレンジジュースタンドで飲む　千
自転車の後を追ふ児ら春の月　紀
　すぐに終つてしまふ尻取り　人

ウ

混沌に七つの穴の凍つるまま　千
　蜜と毒とが並ぶ厨房　紀
野育ちのいとしさいつか持て余し　人
　膨張色の水着ハイレグ　千
隊列を逸れるものあり蟻の国　紀
　仰いで過ぎる奈良の大仏　人

ハンセン病苦悩の世紀月照らす　千
舞茸の代在処秘密に　紀
気の置けぬ碁敵に注ぐ新走り　人
矢立で記すけふの出来事　千
スナップはピースのサイン花の旅　人
蛍烏賊競る市は賑やか　紀

平成二十年一月　四日　起首
平成二十年四月十七日　満尾
文音

◆歌仙「西鶴のとりもつ縁」

二村　文人　捌

二村　文人
平林　香織
鈴木千恵子

西鶴のとりもつ縁や新豆腐
　五人の男話身に沁む
月の舟星の林をたゆたひて
　寝息が漏れる庭の犬小屋　人
ちんまりと梅干す母に風わたる　織
　オープンカーの曲がりゆく角　千

ウ

看板の電話番号語呂合せ　人
　さうだ記念日豪華晩餐　織
後宮の佳麗三千平等に　千
　ひよろひよろ首の伸びる姫君　人
行灯に障子が揺れて丑の刻　織
　霜焼の児にとんとごぶさた　千
昼の月橇走らせる郵便夫　人
　空に消え行く代読の声　織
神託のカルデラの湖蒼々と　千
　村長さんはいつも御機嫌　人
花吹雪会ふ人ごとに懐かしく　織
　シンコペーションつけて蝶飛ぶ　千

研究会でご一緒だった平林香織さんを誘って巻いた作品。

平林さんをこの世界に勧誘したのは、ご本人にとっても連句会にとっても大きな収穫だったのではないかと、密かに自負している。

ナオ　画架並ぶモンマルトルはかぎろひて　人
　胸に掲げる革命の旗　織
生え際が薄くなったと嘆きつつ　千
　また繰り返す下方修正　人
落ちてなほ人に知られぬゆすらうめ　織
　ひときは白き夜濯の肌　千
甘党のすゞ吉といふ名妓あり　人
　深謀遠慮蠍座の恋　織
ブーメランはるか飛んでもつと戻る　千
　未開の土地に学校が建ち　人
木椀に掬ふ満月山の井戸　織
　喘息の出るやや寒の候　千
ナウ　秋袷法事の義姉の面やつれ　人
　賞味期限を過ぎたツナ缶　織
ガード下立呑みの灯に誘はるる　千
　朴歯ひつかけ春雷を聞く　織
花を待つ若き黒人大統領　人
　小浜名産蒸鰈なり　千

平成二十年　八月二十九日　起首
平成二十年十一月二十七日　満尾
文音

◆歌仙「碑林礎石」

鈴木千恵子　捌

秋暑し碑林礎石の象の背　鈴木千恵子
　二胡のひびきに渡りゆく月　百武　冬乃
根釣魚宿の主人に誘はれて　山口　美恵
　着流し姿庭下駄を履き　梅田　實
民営化角のポストは赤いまま　横山　わこ
　筋骨隆々サッカーの子ら　乃

ウ

道心の足もしびれる雪安居　恵
　信濃の山の奥の村里　わ
国訛いつの間にやら深い仲　實
　元手をかけたあとのさよなら　恵
阿久悠が心に沁みる時もあり　わ
　クリーニングで消えぬ酒染み　恵
月涼し泥鰌すくひは神に入る　實
　ちり紙の山作る夏風邪　乃
まやかしのテレビ通販大げさに　わ
　防犯装置あれかこれかと　同
鯉にまく浮餌にいつか花の屑　恵
　影おぼろなるエルドラド青　わ

初めての

連句をするときに、経済の句と外国の句が苦手だった。経済関係には疎いし、実はこの歳まで海外に行ったことがなかったから。それがようやく念願かなって、初の海外旅行となった。が、名句を物せるかと思いきや、「分け入っても分け入っても故宮博物館」「分け入っても分け入っても万里の長城」。予想以上の中国文化の広大さに圧倒されていた。

また、秋は「秋暑し」、立冬の頃は「冬ぬくし」としか考えられないような陽気の年であった。西安で、林立する碑石の礎の象の背をぼーっと眺めていたことを思い出す。帰ってからの神楽坂連句会の合宿でもぼーっとしていたところを皆さまに助けていただいて巻き上げた、拙い捌きの作品である。

『猫蓑作品集』二十一より転載

ナオ　在日の三世に吹く油南風　乃
　父が刺したか地球儀に針　恵
大言海ケースに隠す貴腐ワイン　同
　草食男子隅に片付け　乃
寒稽古女剣士の肌熱く　實
　知らんぷりなる居眠りの猫　恵
額装の西洋版画黙示録　乃
　長靴の紐を結ぶ入口　わ
年金をもらつて孫にプラモデル　乃
　鉄腕アトムゴヂラ並んで　實
思ひ出は月の雫のその中に　わ
　橋を越ゆれば蚯蚓鳴くなり　乃
ナウ　本堂の落慶式の菊人形　實
　無農薬膳いつも完売　乃
くりかへす禁酒禁煙習ひ性　實
　円周率を友と競争　わ
花陰に一反木綿紛れ飛び　千
　宇宙うららか夢の果てなく　實

平成二十二年八月二十三日　首尾
於　鎌倉別邸ソサエティ

◆歌仙「初湯」

杉本　聰　捌
杉本　聰
鈴木千恵子

鼻唄のひとときは響く初湯かな
　紅白タオル得たる福引
牡丹雪犬のあしあと縦横に
　小さな春を探し歩く児
月仰ぐ目は安らけき四月馬鹿
　帽子の中に宇宙広がる

ウ

鳴き砂の浜に佇む影ふたつ
　撫でて憶える君の輪郭
マシマロのやうな唇ぼくのもの
　隠し味にとたらすリキュール
屋敷林廻りて速き青田波
　回覧板の遠いお隣
長き夜をネット動画で寝もやらず
　国境のなき医師団に月
うそ寒に愁ひ湛へる聖母像
　ドレープ多き服をゆつたり
馬車でゆく旅の一座の花並木
　土降る中に道しるべ立つ

南砺市いなみ全国連句大会２０１３で南砺市長賞をいただいた作品。

杉本聰さんとは、前年の第二十七回国民文化祭・とくしま２０１２の大会当日、ホテルの朝食をご一緒した。その際に留学時のお話を伺い、坪内逍遥が沙翁（シェークスピア）の「ハムレット」を朗読したＣＤの話が弾んだ。そうして新年に文音にお誘いいただいたときの作品である。

ナオ　宗因忌軽口なども飛出しぬ　千
　　　　Ｂ級グルメ長い行列　聰
　　ゆるキャラが愛想振りまくアーケード
　　　　見覚えのある刑事張込み
　　梟は叡智の眼そろと閉ぢ
　　　　凍つる心を溶かすぬくもり
　　ルノワールめいてベッドの裸婦の色
　　　　暦の○は逢引の日々
　　親鍵はどんな錠でも開けられて
　　　　ちちんぷいぷい御代のお宝
　　語部の媼鍋座に望の夜
　　　　金木犀の香仄かに
ナウ　蛇踊についてゆきたき鉦囃子
　　　　太極拳の日課なほざり
　　向き合へば山もしてゐる深呼吸
　　　　礎石崩るる分校の址
　　花守は夢見るときも花の番
　　　　遠き蛙にいつかうとうと　執筆

平成二十五年一月　二日　起首
平成二十五年一月二十三日　満尾
　　　　　　　　　　　　　文音

◆二十韻「冬晴や」の巻

二村 文人 捌

冬晴や学び舎の名は変はるとも　二村 文人
　坂の生垣ひそと侘助　鈴木千恵子
コーヒーをネルドリップで立てつらん　奥野美友紀
　星占ひに選ぶ靴下　北爪 瞳

ウ
舞踏会仮面のままに仰ぐ月　千
　一葉落ちれば睦言の止み　人
老蝶をさす指先の美しく　瞳
　瀬戸内海に浮ぶ島島　紀
デイパックポケット瓶のウイスキー　人
　隠れ煙草は格別の味　千

同窓会交歓

二村 文人

連衆四人は、時期は異なるが、いずれも東京都立大学に学んだ者である。母校は、平成三年に目黒区八雲から八王子市南大沢へ移り、平成十七年には校名も首都大学東京に変わってしまった。東横線の「都立大学」を降りて、目黒通りを渡ると、大学へ向かって柿の木坂という緩やかな坂が続く。侘助が咲くほどの風情はなかったが、それでも閑静な住宅街の中に学校はあった。

私たちの学んだ国文学専攻は、かなり理屈っぽい学風で、信州大学の東明雅先生の下でのんびり過ごした私は、大学院に入って大きなカルチャーショックを受けた。まさか卒業生の四人で優雅に(?)連句を巻く機会が訪れるとは、その頃は思いもしなかった。

『猫蓑作品集』二十一より転載

ナオ　幼子のむづかりて泣く昼寝覚め　紀
　金魚の桶に白き月揺れ　瞳
国芳に当世風刺描かせたき　千
　夫ボーカル妻はドラマー　人
借り暮し愛さへあれば不満なし　瞳
　重い病も治す新薬　紀
ナウ　人拒む如く石垣反り返る　人
　日系二世ニンジャ大好き　千
脇役の惜しまれて逝き花万朶　紀
　囀の間に頁繰る音　瞳

平成二十五年二月　二日　起首
平成二十五年二月二十二日　満尾
文音

◆歌仙『美禄』

鈴木千恵子 捌

秋の夜の美禄静かに飲むべかり　鈴木千恵子
　遠来の友立待の庭　平林 香織
胡桃の実ボールがはりに投げ合ひて　丸山 玄太
　オウムの首は右に左に　鳥海 唯
指揮棒のかすかな塵を拭ひ去る　山口 美恵
　汗のしづくの描く曲線　永田 吉文

ウ

代数をやつと片付け夏終はり　三木 俊子
　久しぶりだね大人びた君　唯
一か八かフルスイングでプロポーズ　織
　同じ言葉をコピー機にかけ　恵
抜歯した虫歯の穴をさがす舌　同
　神の棲む湖隕石の跡　俊
狼の遠吠えの森月冴えて　吉
　赤頭巾ちゃん衣装手作り　織
とぎれずにフラッシュ光る体育館　唯
　地方記者から質問が飛び　織
山を背に走るＳＬ花万朶　玄
　貴重な蜂を守る人々　恵

「美禄」と「金亀城」

三月の半ば、俵口連句大会入賞の知らせが届き、とても幸せな気持ちに包まれた。とりわけ、その作品は神楽坂連句会の二十周年で捌かせていただいた作品だったから。

二十周年では「禄」の座と伺い、前日に「美禄」の語を辞書から見出した。当日の座には、古くからの会員も三十代の新人も。美恵さんが、無口な玄太さんに「あまり静かなので、名前を幻太と書いてしまったわ」とおっしゃっていたことなどを楽しく思い出す。というわけで、猫蓑の活動（の一部）を評価していただいたという私的な感慨で、大会に向かった。同じく入賞者の佐々木有子さんとの道中である。

町に降り立つと、風が柔らかいと感じ、心はのびやかにほっこりとする。しかし、大会当日の発句も作らなくてはならない。夏の気分の松山だが、暦の上ではまだ春である。曲るときに軋んだ音をたてる路面電車で、直角を二度ほど経て、松山城に登ったのは初めてのことだった。お城には黄金の亀が棲むと伝えられ、別名を金亀城というと知った

ナオ　国境のなき医師団に蜃気楼　俊
心の針を中東に向け　吉
ゆるキャラが愛想ふりまき握手する　玄
踊つてばかりテレビＣＭ　俊
禅僧の三ヶ国語のお説教　吉
蛇の会話もわかるふりして　恵
サマードレス今日はできない逆上がり　唯
見たぞ見えたぞいやらしい奴　恵
羅生門昇つてみれば恋最中　同
浅茅が宿に結びたる夢　俊
雲晴れてゆらり蓑虫月照らす　同
アップルパイをパティシエが焼く　織
ナウ　女子会は話佳境に入る頃　唯
渾名で呼んだ教師健在　吉
亡き父の俤過ぎるアーケード　織
いつどこでもスマホいぢくる　玄
花ふぶき路傍の草に降りしきり　千
畑打つ人の振り返る方　吉

平成二十五年九月二十一日　首尾
於　グランドヒル市ヶ谷

のも初めてだった。そこで考えた発句は「いにしへの金亀城にも亀鳴くや」。観念的で実感のこもった挨拶性が薄いかと心配したが、井上雨道さんの「楠の芽立を仰ぐ石段」という脇に救われたようだ。すっかり夏のような一日だったが、春にも「芽立」などというその沸き立つような緑に相応しい季語があったのだ。振り返れば、いつも俄（にわか）仕込みの発句を作っている。それでも何とか二十韻を巻き終え、帰路の間際には観覧車のくるりんに乗り、一足早い「新緑」や「万緑」を空中から堪能することもできた。

俵口は、歌仙の募吟を特徴とする全国規模の貴重な大会である。素敵な脇を付けてくださった雨道さんは、今回その会長を退かれるとのことである。えひめ俵口連句会の変わらぬ、ますますのご発展をとお祈り申し上げます。そして神楽坂連句会ももちろん猫蓑会も。さらにかくも楽しい連句の魅力が、いっそう広がっていったらよいのにと、こんな折にはいつも考える。

「猫蓑通信」第九十六号より転載

◆歌仙「蜜豆食ふ」

奥野美友紀　捌
鈴木千恵子
奥野美友紀

蜜豆食ふ俳諧の兄逝きし夜
　読みさしの本開く白服
横文字でかかる表札ギャラリーに
　特急電車通過する駅
ひんがしの月昇る方指さして
　音色を聞いて当てる虫の名

ウ

熊楠の博物標本秋暑し
　気持ゆるめに絞る雑巾
はすつぱな女と云はれびらしやらと
　七とせばかり片思ひして
少年の阿修羅は眉に愁ひ秘め
　虎猫ニャアと鳴いてまた寝る
絶海の孤島をゆけば冴ゆる月
　足の霜焼こする仕舞湯
みやあらくもん祖父は器用で貧乏で
　純米酒しか置いてない店
蹲の前受けとめる花一片
　お伊勢参のツアー賑はふ

　2015えひめ俵口全国連句大会で入選の作品。
○選者　名本敦子　氏評
「『蜜豆を食ふ』の巻は方言を上手に取り入れて、付きの加減も絶妙、流れるがごとく最後まで一気に読ませる作品です。」

　二村文人さんが急逝された年。この夏のうちに追悼の歌仙をと思い、巻いた作品である。二村さんはお酒を愛されたけれども、甘いものもお好きだった。

ナオ　名優の隈取りの濃き奴凧　千紀
　風を吸つても太るこの頃
占ひによれば大器で晩成す
　階段右から上るジンクス
クリニック待合室の熱帯魚
　週刊誌には乾梅雨の記事
付きあつた彼氏はみんな偉くなり
　見えぬところに黒子ありしが
スニーカーかかと踏んでる勝手口
　ニケの翼は天空を翔け
初任地は山の分校月今宵
　がき大将がひよんの実を吹く
ナウ　椎茸の次から次へ生えてきて
　推理小説先が気になる
文鳥のうたた寝をするたなごころ
　絆創膏もキャラクター物
花便り満員となる野球場
　夢より淡く仰ぐ初虹　執筆

平成二十六年八月　一日　起首
平成二十七年一月二十五日　満尾
文音

◆歌仙「春の霙」（脇起り）

鈴木千恵子　捌

いかめしの売り子に春の霙かな　二村文人仏
　海岸線を浮かれゆく猫　鈴木千恵子
ギャラリーのキルト教室のどらかに　平林　香織
　湯呑みの欠けに金をほどこし　合澤　珠子
新聞は後ろから読む三日の月　奥野美友紀
　竃馬大きく跳ねる夕暮　織

ウ

村芝居隈取り落とす舞台裏　千
　祖父母世代になぜか好かれる　紀
人づてに彼の近況クラス会　珠
　貧乏学者無駄にイケメン　千
失敗と隣りあはせの新発見　織
　北斎描きし大川の景　珠
樟脳の匂ひかすかに衣更ふ　紀
　月仰ぐ窓氷菓蕩けて　織
車いす二台並んだ外科病棟　千
　エレベーターのひゅんといふ音　紀
電線の上で雀も花の宴　珠
　さんや袋をかけてお遍路　千

第十回浪速の芭蕉祭で佳作をいただいた作品。二村文人さんの発句で、長女の合澤珠子さんも交えて巻いた作品である。

発句は、私が仕事で「修学旅行の実踏（実地踏査）で、独り函館本線に乗っています」という内容の送信をしたとき。「森駅通過中との便りに」と詞書をつけて、いただいたものである。

ナオ

弥生尽改装の駅降り立ちて　織
　待ちくたびれた坊の横顔　珠
決勝点補欠選手が叩き出し　紀
　スクラップブック赤茶けた文字　織
雪女あの日のことは語るなと　千
　友達になどなれぬ寄鍋　紀
ちつぽけな喧嘩の種をわざと蒔き　珠
　イザナギイザナミ国生みをする　千
やり直ししても同じか総裁選　織
　張り扇の音破るまどろみ　珠
流木にたゆたふ鰡月白く　千
　新酒祝ひて酒林吊る　織

ナウ

自転車を転がしながら刈田道　紀
　尻ポケットの電話震へる　同
汗ぬぐひ手帳を開く外回り　珠
　富士の写真をいつも眺めて　千
凱旋のパレードに降る花吹雪　織
　校舎に響く卒業の歌　珠

平成二十七年二月四日　起首
平成二十七年十月一日　満尾
　　　　　　　　　　　文音

◆短歌行「大瀑布」

鈴木千恵子　捌

合切を洗へるごとく大瀑布　鈴木千恵子
　草蜉蝣の憩ふ水草　島村　暁巳
ロッキングチェア推理小説読みさして　白石　一有
　けふのコーヒー砂糖多めに　佐藤　徹心

ウ

月仰ぎお国自慢の学生寮　國司　正夫
　地芝居の姫振ふ薙刀　巳
恋文に紅葉の押し葉はさみ込み　夫
　心の扉今も開け待つ　心
北欧の牧師温顔鬚の中　巳
　ジキルとハイド隠しおほせて　有
花吹雪握ればふつと空に逃げ　心
　乳母車には猫の子も乗り　有

第二十四回岐阜県文芸祭で佳作をいただいた作品。

この巻は連衆の佐藤徹心さんがM30号の大作の下絵を描いて、額装にしてくださった。

ナオ　テーマパーク風船売のやつてくる　夫
職種は不問時給優先　心
新聞の折込減つて薄くなり　有
アキバのメイドクレープが好き　巳
カラコンで君の望みの目の色に　心
脱がせるために温突（オンドル）の部屋　同
窓枠に雪へばりつく三日の月　有
参考書には付箋べたべた　夫
ナウ　次男坊兄のお下がりばかりにて　巳
届く野菜に土の匂ひが　心
花守は花と対峙の独り酒　千
会釈交はして歩むお遍路　執筆

平成二十七年八月　五日　起首
平成二十七年八月十一日　満尾
於　横浜情報文化センター・文音

◆歌仙「葡萄かな」（脇起り）

鈴木千恵子　捌
正岡　子規
鈴木千恵子
杉本　聰

黒きまでに紫深き葡萄かな
　宙切るごとく鵙の高鳴き
夜学生月に何をか想ふらん
　スマホで済ます地図も時計も
縦横に斜めに渡る交差点
　地につく前に溶ける初雪

ウ

降誕祭繙く古き懺悔録
　マリアに決めるけふの源氏名
とつときのコニャック彼に口移し
　蒲柳の質と言ひ訳をする
店賃を十月溜めても悠然と
　判じ絵のある団扇ぱたぱた
痩せ犬の韋駄天走り夏の霜
　マカオを仕切るブックメーカー
港口のジャンク数へて小半日
　昭和歌謡が鼻唄に出て
豆剣士素振りを飾る花吹雪
　横断幕に初虹の立つ

第二十一回えひめ俵口全国連句大会で南海放送賞をいただいた作品。

この年は、生誕１５０周年記念で、子規または漱石、極堂の発句による脇起りであった。

ナオ　国賓を迎へ礼砲うららけく　千
　放言癖がちよいと気になる　聴
北冥に幾千里もの魚の棲む
　夜ごと夜ごとに襲ふ既視感（デジャビュ）
縄跳びの跳べない足に絡む縄
　吐く息白き痩せたおかつぱ
ランウェイスポットライト浴び歩く
　四つ星ホテル誘ふ付文
君のため薔薇いつぱいの浴槽を
　音色やさしき銅の風鈴
月光にコロボックルの踊りだす
　古老の鬚に紅葉一枚

ナウ　そぞろ寒墨絵の墨の掠れがち
　選挙演説声はがらがら
学長はフルマラソンを走り切り
　ふりさけ見れば山ののどらか
金の亀棲むてふ城は花の中
　ひねもす止まぬ蛙合戦　執筆

平成二十八年　十月二十二日　起首
平成二十八年十一月　十六日　満尾
文音

◆歌仙「朝顔や」（脇起り）

鈴木千恵子 捌
正岡　子規
鈴木千恵子
奥野美友紀

朝顔や絵具にじんで絵を成さず
　空は開けて浮かぶ有明
高速道トンネル越えの爽やかに
　缶コーヒーのプルタブを引き
お揃ひの帽子をかぶる兄妹
　観察日記蟻の一日

ウ

じんわりと熱くなりゆく土用灸
　気づいたときは手遅れの恋
業平も光源氏も泣いたのか
　貴種でなけれど流離する性(さが)
スケジュールスマートフォンに入力し
　伝言板の消えた改札
冬至湯の銭湯の客招く月
　留学生もはしやぐ初雪
動物園微動だにせぬハシビロコウ
　レッドリストの種類増えたる
花の宴古伊万里の皿並べゐて
　菜飯お澄まし祖母のご自慢

「葡萄かな」と同じく第二十一回えひめ俵口全国連句大会で俵口賞をいただいた作品。

○選者　鈴木了斎　氏評

「こちらは、発句の季と満尾日時の季が半年近くずれているので、文音(ぶんいん)による作品と思われる。文音の作品は、一句一句を考える時間が十分にあるためか、凝り過ぎ、飾りすぎの、作り事めいた句が多くなりがちだが、この作品は前述の「うつむいて」の巻と同様、もしくはそれ以上に、一句一句に抑制が効き、簡潔な仕立てに絞り込まれ、おかげで付け合いの魅力が生きている。生活の中の、見過ごしがちな微妙な事項、小さな事柄、しかししっかりした現実感のある事柄に着眼し、掬い上げて言葉にしたような「実のある句」が多く、「文音臭さ」がない。また文音は、一座の「乗り」の流れというものがはっきりせず、同じように昂揚した印象の句ばかりが一本調子に並ぶ、いわゆる「夜店のステッキ」状態になりがちだが、この巻にはそのような弊も感じられず、一巻のメリハリも流れもちゃんと感じられる。この巻も、後半が充実し、序破急の「破」の面白味が十分に発揮されている。また、月花、恋などの句が良

ナオ　競漕会終へて両校称へ合ひ　千
　地図がなくても迷はない町　紀
長き尾を立てて黒猫パトロール
　相手次第で変はる声色
本水を客も浴びたる夏芝居
　葛饅頭の葛のぷるぷる
ファーストキス顫へた夜もあつたつけ
　退屈だから来てと奥様
梱包材つぶす指先きりもなし
　誰に貸したかわからない本
付喪神月のリビング横切りぬ
　盆の休みを交替で取る
ナウ　手旗振る巡査の頬に秋の風
　中心線で左右対称
ロールシャッハ秘めた一面現れて
　絡まつた糸うまくほどける
餌やれば鯉の乱せる花筏
　幼なじみを誘ふ永日　執筆

平成二十八年十一月二十六日　起首
平成二十八年　一月二十七日　満尾
文音

く出来ている点も「うつむいて」の巻と共通している。これもまた、力のある捌、連衆による作品と思われる。このように、特選二巻は、それぞれに充実した魅力があり、甲乙付けがたい。」

◆二十韻「石清水」

鈴木千恵子　捌

石清水やがて大河となりにけり　鈴木千恵子
　初蜩と歩く山道　有賀亭骨太
パレットに絵具選びて溶くならん　戸部よしみ
　園児のつくる砂の王国　鈴木　すず
ウ
静かなるモスクの屋根を照らす月　骨
　迷路のやうなコスモスの中　ず
そぞろ寒君の両手をあたためて　み
　口説き文句がやけに陳腐で　ず
今更に習ふパソコン難しく　み
　勘亭流の筆に魅せられ　骨
ナオ
市中にだいこだいこと響く声　同
　繊月睨み呷る熱燗　ず

朴散華

今回光栄にも青時雨忌での捌きを仰せつかった。私は瓢左先生にはお目にかかったことはない。立派な顎鬚のお写真で、ご尊顔を拝するのみである。記憶に残っているのは、連句を初めてしばらく経ったある日、関口芭蕉庵の教室で明雅先生が「今日は瓢左先生の追悼の歌仙を巻きましょう」とおっしゃったことだ。明雅先生も晩年は鬚を蓄えられるが、その頃はまだ生やしてはいらっしゃらなかった。その一巻が追悼歌仙というものの初めての経験だった。

朴散華忽ち空の寂しさよ　東　明雅
　しじまを守りて落つる滴り　福井　隆秀
新真綿艶しつとりと仕上がりて　中田あかり

発句は、川端茅舎（かわばたぼうしゃ）の「朴散華即ちしれぬ行方かな」を思わせる。脇と第三を付けられた隆秀さん、あかりさんも、彼岸へ旅立たれてしまった。

何かその日は無頼な気持ちだったらしく、私は

こつちから会社の奴をリストラし　骨
　何があつてもあたし付いてく　ず
お化け屋敷逃げぬ男気見せ所　み
　丁丁発止与党野党が　ず
ナウ
ご意向を忖度するが流行で　千
　白魚踊る川舟の宴　骨
うきうきと楽しき夢を花衣　み
　シャボン玉吹く孫とぢいぢい　ず

平成二十九年六月十八日　首尾
於　江東区芭蕉記念館

野分して我さすらひのハムレット

などという句を詠んでいる。

あれから随分さすらいにさすらって、今日までやってきた。

瓢左先生の縁に繋がる方々との青時雨忌が、ますます大きな流れとなることを願っております。

第二十九回『青時雨忌追善興行作品集』より転載

◆二十韻「青時雨」

鈴木千恵子　捌

青時雨浴せんとゆく庵の径　鈴木千恵子
　早苗蜻蛉の右に左に　青木　泉子
地酒には旧跡の名の付けられて　松本　華与
　話のはづむ友と集へば　金成　博子
ウ　コンサート余韻にひたる月明り　坂川　花蓮
　蛇もそろそろ穴に入る頃　泉
はげしさをぶつけたき我曼珠沙華　博
　思ひのままにうそ泣きをする　与
女子会に誘はれ行けば喜寿傘寿　泉
　二度と戻れぬ揺れる吊り橋　与
ナオ　仰ぎ見る富士山頂は雪催ひ　蓮
　湯豆腐つつき月の出を待つ　与

杣平さんの思い出

今回の青時雨忌追善正式俳諧興行の後のこと。

瓢左先生の三男の廣石常生さんがご挨拶に立たれた。そして、『古松新濤』に書かれている大林杣平さんのエピソードに触れられた。お二人の出会い。俳文学会の忘年会で杣平さんが〈十二巻の連句を巻いている〉と自己紹介されたとき、既に瓢左先生は二千巻の連句作品を首尾していらしたというものである。私は瓢左先生にはお目にかかったことはないのだけれども……。連句を始めたばかりの頃、柏へ明雅先生の連句会に伺った折、杣平さんにはお世話になった。

そのお姿は、宗匠頭巾を被っていらしたように記憶している。連句以外にもたくさんのことを教わった。まさに箸の上げ下ろしから、お茶の入れ方まで。忘れられないのは〈ずだぶくろ〉とは単にだぶだぶした袋だと思っていた私が、そうではなく頭陀が一切合切を入れておく袋のことをいうのだと知ったことだ。人は心の中に頭陀袋を持っていて、袋を豊かにしていかなくてはならないのだとも教

本堂の静寂に響く掛どけい　同
　世界に誇るミクロンの技　泉
一瞬も手を離さずにお床入り　蓮
　別れてもすぐ君に会ひたい　博
ナウ　カウチでの海老せんべいは後を引き　千
　車の下に猫の恋あり　与
外国のホテルの窓に花万朶　博
　門出を祝ふ高き囀　蓮

平成三十年六月三十日　首尾
於　江東区芭蕉記念館

わった。それが詩嚢（しのう）を肥やすということだ、というようなことをおっしゃっていた。

　あれから月日が流れ、私の頭陀袋は重くなったのだろうか、とときどき思ってみる。

　第三十回『青時雨忌追善興行作品集』より転載

◆短歌行「繊月の雫」

鈴木千恵子 捌

岐阜県文芸祭

繊月の雫を受ける火焰土器　鈴木千恵子
萩のこぼるる山里の苑　佐々木有子
天守見に新涼の坂上り来て　聖成美智子
ブレイクダンス踊る若人　千
刻打てど鳩の首出ぬ鳩時計　有

ウ
待合室で雑誌ぱらぱら　智
お忍びのデート揃ひのサングラス　千
プールで抱擁一糸まとはず　有
聖母のごと赤子に乳をふふませて　智
けふは太郎が飼育当番　千
大学の厩舎に花の降りしきる　有
三号棟はかげろふの中　智

この年の夏も恒例の、閭小妹さんの原村（長野県）の山荘に出掛けた。そして初めて縄文のビーナスを所蔵する尖石考古館を訪ねた。その場でYさんが、先の尖った縄文土器は、地面に刺して月の雫を集めるという呪術的な用途があったという説を教えてくれた。私は火焰土器で月の雫を集めたら素敵だなと思った。三週間後の鎌倉で巻いた一巻の発句は「繊月の雫……」とする。

日ごろ短歌行を巻く機会は少ない。しかし、岐阜県文芸祭では短歌行の募集をしている。また、文芸祭の表彰式後には、部門別の審査員による講評会が開催される。今回の審査委員は大野鵠士。言わずとしれた獅子門道統第四十一世であり、明雅先生の信州大学での教え子であり、私にとっては二村文人さんの先輩である。作品応募の後、年が明けて嬉しいことに佳作入賞の知らせが届いた。

せっかくなので前の夜は、獅子門の皆さんと居酒屋わんで交流を深める。当日会場のＯＫＢふれあい会館に着くと、やはり入選作「時鳥」の巻・栗原和宏捌の連衆の山中たけをさんの姿があった。たけをさんは父君と一緒だった。父君はカレーを食べていらした。桃雅会の宮川尚子さんとも合流する。表彰式が無事に済むと部門別の部屋に分かれる

ナオ　暮の春メニエル病のいつも出て　千
　コーヒーカップ僕は乗れない　有
公園で科白をさらふ名脇役　智
　帽子から恋ひよいと手品師　千
トランペット結婚式の始まりぬ　有
　招待席にミスユニバース　智
初場所の高櫓には月の笑む　同
　辛党なれど好きな鯛焼　千
ナウ　焦げ目なき人生なんてつまらない　有
　拡大鏡で掌を見る　同
切通し抜けて万朶の花に遇ふ　千
　都はるけく鶯の声　智

平成三十年八月二十七日　首尾
於　鎌倉別邸ソサエティ

こととなった。

前もって審査員の古田了さんからは「大学の厩舎に花の降りしきる」「三号棟はかげろふの中」が好きなところ、などという評をいただいていた。連句部門参加者十数名の自己紹介の後、いよいよ作品講評会である。そこでは「作品に新しみを持たせることと、式目を守ることのバランスが難しい」というたけをさんの発言に対して、「連句とはそもそも分裂するものを抱え込んだ文芸では」という大野さんの言葉が印象に残った。道統は連句は奔放でもダメだし、小さく固まってもダメだとおっしゃった。また式目の決まりとしての作法に目が行きがちであるけれども、作法（さほう）とは本来作法（さくほう）であって、文辞を整えるためのポジティブな方法なのだとの言葉も示唆的であった。講評会の中で「新しい人にいかに連句を普及するか」「若年層を取り込むにはどうしたらよいか」といった課題に結論は出なかったけれども、連句について参加者で真剣に話し合っているその空間はとても貴重に思えた。

帰途は尚子さんの案内でたけをさんと和宏さんと、名古屋のエスカでひつまぶしを食した。私にとっては「わん」から「ひつまぶし」までが晴れの時間で、まさに「祭」の岐阜行きであった。

「猫蓑通信」第百十号より転載

◆二十韻「鳥雲に」

杉本　聰　捌

夭折の子はどの辺り鳥雲に　　杉本　聰
　黄水仙咲く遥かなる丘　　鈴木千恵子
炉塞げばヨガの稽古の易からん
　引つぱつてみる猫の前脚

ウ
パリ祭の月にピエロのシルエット
　白服似合ふ普段着の君
おづおづと近づく口に頬染めて
　酒の香りをひき立てる盃
三味の音の転がりてゆく坂の街
　角を曲がればふいにぬり壁

ナオ
雪安居禅僧未だ悟り得ず　　千
　夢にまで見る寒鰤の味　　聰

「鳥雲に」の巻留書

杉本　聰

教職を退いて間もない頃連句について右も左も弁えぬ愚生を丁寧に導きくださった故二村文人先生を介して鈴木千恵子さんとの知己を得、文音を交わす間柄になれたことは私の余生を殊の外豊かならしめた。

「鳥雲に」の巻は平成三十年の一月愚息の逆縁に会って得た駄句を立句にしてお付合い頂いた二十韻であるが、同月に女史の御尊父がご逝去されたことを知ったのは後のことで、今思い出しても申し訳ないが、とにかく心に残る一巻である。

どの作品の場合もそうであるが、とりわけこの巻を運んでいる間は知的興奮を促されて至福の時が流れ、小さな悲しみを包み流してくれた。連句の持つ癒し効果と言うべきか。

大分国文祭二〇一八に投じたところ国文祭実行委員会長賞を賜ったのは、偏に千恵子さんの流麗な付け運びのお蔭である。

お姫さま抱つこのためのダイエット
　最上階に作る愛の巣
有明月事の次第をすべて知る
　首相答弁ちよいとうそ寒

ナウ
和ガラスの是清邸に虫を聴く
　時のプリズム醸すデフォルメ
花筏乱して揺らす舟の櫂
　露天湯に見る山々の笑み

執筆

平成三十年三月十日　起首
平成三十年四月五日　満尾
文音

第三章　「老が恋」（脇起り）解説付き

◆歌仙「老が恋」（脇起り）

鈴木千恵子 捌

老が恋わすれんとすればしぐれかな　与謝 蕪村
　ちりちり痛む胸の埋火　鈴木千恵子
迷ひ犬人混み分けてさがすらん　玉城 珠卜
　ニュースを流す壁のあちこち　佐藤 勝明
蔦かづら蔓の先には細き月　千
　新酒につける洋風の銘　ト

ウ

子は玩具握りしめての秋祭　明
　ごろ寝のタヌルいつも同じ　千
腹ペコの小猫じやれつく波紋様　ト
　かくも晴天南半球　明
酋長の語る叙事詩の朗々と　千
　ドリアン嫌ひバナナ・マンゴも　ト
汗しとど熱の臥所に月の影　明
　売薬版画写す風俗　千
大江山まさかりかついだ赤ら顔　ト
　授業時間も午後はうとうと　明
消え残る落書き消せば花吹雪　ト
　紋白蝶の風にまぎれて　千

＊俳諧研究者の玉城司さんと佐藤勝明さんに文音をお願いした。「見込み・趣向・句作り」の解説を試みたのが、以下のページである。

ナオ　手をつなぐ母のエプロン春深し　明
　無縁坂から池を眺める　千
験担ぎぞろ目の今日に意を決す　ト
　髭は剃らずに朝寝長風呂　明
絵屏風に寒山拾得微笑んで　千
　魔女宅空を駆けて行く街　ト
ホームでのめまひを縁に結ばれる　明
　同性婚で姓は別姓　千
虹色の旗高々と掲げをり　ト
　株価の報に一喜一憂　明
あの月を呼び戻さんとつぶやいて　ト
　刺されたままの鵙の早贄　千
ナウ　薪つむ信濃はすでに冬じたく　明
　趣味のビデオは溜まるばつかり　千
鼻の差で勝ち負け決まる競馬　ト
　急がば回れ人生の旅　千
津々浦々開花情報たしかめる　明
　いや朗らかに空のうららか　ト

平成二十六年十二月六日　起首
平成二十七年　五月八日　満尾
文音

「老が恋」解説

●表6句

1老が恋わすれんとすればしぐれかな　蕪村　初冬　自

2ちりちり痛む胸の埋火　千惠子　三冬　自
見込み……発句にはわすれようとしても諦められない恋心が詠まれている。
趣向　……その未練を、埋火に喩えた。
句作り……恋心を「ちりちり痛む」と表現した。

3迷ひ犬人混み分けてさがすらん　珠卜　他
見込み……脇は恋に身を焦す人物の胸のうちが詠まれている。
趣向　……恋の焦燥感を迷子になった犬をさがす愛犬家の心情に転じた。
句作り……必死の様子を「人混み分けて」と表現した。

4ニュースを流す壁のあちこち　勝明　場
見込み……前句を都会の雑踏と見て、
趣向　……その中で目にしそうな光景を想像し、
句作り……電光掲示板に情報が流れるとした。

5蔦かづら蔓の先には細き月　千　三秋　場
見込み……前句のニュースの流れる壁に注目して、
趣向　……壁といえば蔦かずらが這っているものと連想し、
句作り……蔓がのびている先に、細い月が出ているとした。

6新酒につける洋風の銘　卜　晩秋　他
見込み……前句の古風の月の出方に注目して、
趣向　……一方で新しい酒を持ち出した。
句作り……酒造家の若旦那などをイメージしている。

●ウ12句

7子は玩具握りしめての秋祭　明　三秋　他

見込み……前句を奉納された新酒と見て、

趣向　……収穫を感謝する祭りの場を想定し、

句作り……子どもはおもちゃを離さないとした。

8ごろ寝のタヲルいつも同じ　千　自

見込み……前句の玩具を握りしめる子に、執着する心を見た。

趣向　……同じように物事に執着する様子を趣向した。

句作り……具体的にはいつも同じタオルでごろ寝する様子を詠んだ。

9腹ペコの小猫じやれつく波紋様　ト　場

見込み……前句のタオルの紋様が何であるか想像して

趣向　……それを喜ぶにふさわしい生き物（小猫）をもちだし、

句作り……腹が減っているので、波紋様さえも食べ物に見えてじゃれついた。

10けふも晴天南半球　明　場

見込み……前句を波打ち際で遊ぶ猫と見換え、

趣向　……いつも魚をくれる漁師は遠洋にいると考え、

句作り……ここ南半球はよい天気だとした。

11酋長の語る叙事詩の朗々と　千　他

見込み……南半球に少数部族などがいると見て、

趣向　……その酋長の姿を連想した。

句作り……酋長が叙事詩を語っているとした。

12ドリアン嫌ひバナナ・マンゴも　ト　晩夏　自

見込み……朗々と叙事詩を語る酋長を自己陶酔型の人物と見て、

趣向　……聞かされる「私」は飽き飽きして、好きな食べ物と嫌いな食べ物を想像して耐えた。

句作り……飽き飽きしているだけに、嫌いな食べ物を列挙した。

13汗しとど熱の臥所に月の影　　　　　明　　三夏　自
見込み……前句をわがままになりがちな人のさまと見て
趣向　……熱を出している状況と考え、
句作り……汗びっしょりの寝床に月光が差すとした。

14売薬版画写す風俗　　　　　　　千　　　　　場
見込み……病んで発熱に苦しんでいる人と見て、
趣向　……富山の置き薬を連想した。
句作り……おまけとして配る売薬版画には、いろいろな風俗が描かれているとした。

15大江山まさかりかついだ赤ら顔　　　　ト　　　　　場
見込み……田舎風の売薬版画に描かれているのは、坂田金時と見て、
趣向　……鬼退治をした後の、大江山での酒宴を連想した。
句作り……酒に酔った赤ら顔で、金太郎時代をふりかえり、鉞をかついで戯れたとした。

16授業時間も午後はうとうと　　　　明　　　　　自
見込み……前句を昔話の一コマと見定め、
趣向　……そのワンシーンを夢でみたもの考え、
句作り……午後の授業で寝てしまっているとした。

17消え残る落書き消せば花吹雪　　　　ト　　晩春　自
見込み……授業中に午睡する友を幼馴染みの悪友と見て、
趣向　……二人で書いた落書きの数々のうち、
句作り……消えずに残った落書きを消す。思い出を消す寂しさと落花の寂しさを重ねた。

18紋白蝶の風にまぎれて　　　　　　千　　三春　場
見込み……前句の花を散らす風に注目して、
趣向　……そこに飛ぶ蝶を連想した。
句作り……風に抗いながらも流されるような様子を詠んだ。

●ナオ12句

19手をつなぐ母のエプロン春深し　　明　晩春　自他
見込み……回想を誘うような景であることに着目し、
趣向　……幼い日の母との思い出にひたるさまを思い描き、
句作り……エプロン姿の母と手をつないでいるとした。

20無縁坂から池を眺める　　千　　自
見込み……母が幼い子の手をひいて歩いていると見て
趣向　……それは池之端から湯島への無縁坂であると想定し、
句作り……その途中で不忍池を眺めているとした。

21験担ぎぞろ目の今日に意を決す　　ト　　他
見込み……池を眺める人物が思いにふけっていると見て
趣向　……迷い事があったが、何かを
句作り……ぞろ目の日に縁起を担いで決意した、とした。

22髭は剃らずに朝寝長風呂　　明　　他
見込み……前句を縁起をかつぐやや頑固な人と見込み、
趣向　……その人がいかにもやりそうな行為を探って、
句作り……すべて自分の思いやペースで暮らしているとした。

23絵屏風に寒山拾得微笑んで　　千　三冬　場
見込み……前句の人の生活の様子を想像して、
趣向　……絵屏風には寒山拾得などが描かれているのではとした。
句作り……寒山拾得も髭を伸ばして、微笑んでいるとした。

24魔女宅空を駆けて行く街　　ト　　場
見込み……前句の人物の所作を世俗を超越したものと見て、
趣向　……軽々とした所業に読みかえ、
句作り……少し前に流行した映画の少女の闊達な姿とした。

25ホームでのめまひを縁に結ばれる　明　自他

見込み……前句を魔女でも飛びそうな気配の街と見て、

趣向　……その下で起こるちょっと幸福な出来事を探り、

句作り……駅での体調不良を助けられたのが結ばれる縁であったとした。

26同性婚で姓は別姓　千　自他

見込み……結ばれたのはどのような人物か考え、

趣向　……同性同士の縁であったと定め、

句作り……夫婦別姓の関係であるとした。

27虹色の旗高々と掲げをり　ト　場

見込み……同性婚の二人がサンフランシスコに住んでいると見て、

趣向　……その住まいには「虹色の旗」を掲げる習わしを思い出し、

句作り……同性同士が喜々として胸を張って生きる姿とした。

28株価の報に一喜一憂　明　自

見込み……前句の旗を心の中のものと見換え、

趣向　……動揺しながら暮らす市井の暮らしを想定し、

句作り……株価の上下にいちいち心を動かすとした。

29あの月を呼び戻さんとつぶやいて　ト　三秋　自

見込み……一喜一憂する人物は投資家だから、

趣向　……もう一度「ツキ」が戻ってきてくれと切望する投資家の心情を思い遣って、

句作り……「ツキ」と「月」を言いかけた。

30刺されたままの鵙の早贄　千　三秋　場

見込み……つぶやいている人のいる場を想定し、

趣向　……月を呼び戻すことはできないけれど、そのままの姿で残っている物としては

句作り……鵙の早贄があるとした。

●ナウ6句

31薪つむ信濃はすでに冬じたく　明　晩秋　他

見込み……前句を秋も更けた野のさまと見定め、

趣向　……その近くにある山家の暮らしを想像し、

句作り……薪を集めて冬の準備をしているとした。

32趣味のビデオは溜まるばつかり　千　自

見込み……前句の冬じたくの内容を具体的に見定め、

趣向　……ビデオ鑑賞が趣味とした。

句作り……しかし、そのビデオも（見ぬまま？）溜まるばっかりであある。

33鼻の差で勝ち負け決まる競馬　ト　初夏　場

見込み……ビデオに録画するほどの競馬狂いの人がいると見て、

趣向　……馬の勝ち負けに目をこらすのだが、

句作り……結果は往々にして鼻の差で決まるのであった。

34急がば回れ人生の旅　千　自他

見込み……競馬には人生の縮図があると見て、

趣向　……人生そのものが先を急ぐ旅であるとした。

句作り……その上で、急がば回れということわざを持ち出した。

35津々浦々開花情報たしかめる　明　晩春　自

見込み……忙中に閑を求める生き方を感じ取り、

趣向　……花見の旅を楽しみにする人物を思い描き、

句作り……あちらこちらの開花に注目しているとした。

36いや朗らかに空のうららか　ト　三春　場

見込み……全国各地からの花の便りを待つ人の高揚感を感じ取り、

趣向　……花の便りが北上するとともに訪れる春を

句作り……ますます明るく朗らかになって行く空で表現した。

III　エッセイ

西鶴と高校教師

学部の学生の頃から、西鶴の浮世草子について研究を続けている。

今は富山大学で教壇に立たれる、私の大先輩の二村文人氏に「西鶴を勉強するならば、連句をやらなくては」と騙されて（?）当時関口芭蕉庵に連れて行かれたのが、私とその出会いだった。

「騙されて」と書いたが、もしそうだったとすれば、これは私の人生の中で最も幸運な騙され方だったと言えよう。明雅先生を初めとする多くの方々との縁ができたのだから。

さて、その後私も高校の教壇に立ち続け、西鶴の研究も細々としているうちに、連句は趣味として（?）すっかり面白くなってしまった。高校生の教育に携わるということと、西鶴の研究を続けるということと、連句教室に通うということが自分の中でどのように結びついているかというと、あまりいないような気もするが。

とりあえず、高校生に連句の実作を試みさせることにした。『冬の日』の「夏の月」の巻の表六句を読んだあと、芭蕉の「山路来て……」を発句に立てて、脇起りに入った。連句の実作と称しながら、連想ゲームのごとく観音開き、輪廻にとらわれている実践が多いように思い、転じを重視した。式目も尊重した。多くの式目は一巻をより変化に富んだものとするための制限であって、その枷を打ち破って想像力を極限まで働かせるところに、連句の知的「遊び」たる所以があるからだ。三年次の選択授業の国語表現の一環として行ない、受講者が二十数名と一般の授業よりも少人数であったため、和気藹藹と進めることができたのではないかと考えている。和室での歓談も交えての中で、「座」の雰囲気も味わってもらえたかとも思う。「連句」という文芸形態に、彼らが触れたことを心の隅に憶めておいてくれればと願っている。作品をまとめて掲げておく。

表六句「山路来て」（脇起り）　千恵子　捌

山路来て何やらゆかしすみれ草　翁
　ふはふはひらり舞へる初蝶　剛
鄙の宴笛や太鼓も軽やかに　洋一
　隣の家に入るこそ泥　真一
金色の鍵穴照らす月明り　保恵
　榠樝のジャムを瓶にいっぱい　千恵子

脇の句の作者は「見入れ・趣向・句作り」の語を用いて、「発句のすみれ草に春らしい雰囲気を見入れ、どこからか風に流された蝶を趣向した。句作りは「ふはふはひらり」」と自解している。

第三は「鄙の宴」を句材としてこちらから提示した。

四句目の原句は「隣の家に入る盗人」であった。「盗人」は表六句には穏やかでなく、一直した。「こそ泥」としたところで大胆な付句に変わりはないが、前句の賑やかな鄙の宴に対して隣家にはこそ泥が忍び込むという、俳諧味のある面白いものとなったのではないだろうか。

五句目。こそ泥から鍵穴を連想した。そこに繋がりがありながらも、鍵穴の先にある無限の未知のものを予想させ、新たな展開を暗示している佳句であると思う。

六句目は私が付けた。月明りのさすキッチン辺りで、ジャムを瓶いっぱいに詰めているのである。手作りのジャムを明りに透かしたりしているかもしれない。それは深みを帯びた黄色の輝きであろう。――新しみを持った素材を取り込んでみた。

以前、明雅先生が「榠樝（かりん）はジャムになるかねえ」とおっしゃっていたが、その後諏訪の温泉で売っているのを見かけた。お土産にお持ちすればよかったと、気の利かない私が気づいたのは東京へ帰ってからだったのである。

関口芭蕉庵時代のことなど

私が明雅先生と出会うことができたご縁については、以前「ねこみの通信」に書かせていただきました。それは信州大の先生の教え子でいらした二村文人さんが、東京で私の先輩であったためで、昭和の終わりの頃から関口連句教室に通うこととなりました。

関口芭蕉庵は庭は広いのですが、座は小さく、毎月二卓でたいていどちらかが明雅先生捌きでした。庵は開放的で、猫蓑会を守るように座にはよく猫が遊びにきていました。また夏は蚊が多く、秋元正江さんと私が刺されやすい体質なのかよくメンソレータムを塗りながら巻いておりました。その関口での忘れられない付けは今宮水壺さん捌きで、私が「男の名呼びまちがへる閨の内」というあまり丈高くない恋句をつくったときのことです。

俺のことかと首を出す犬　　明雅

他にいい付けもあったのですが、先生の俳諧味のある句に連衆は大笑いとなり、この句が治定されたのです。

もう一つ私事ですが、最近四十を前にしての頃のことで思い出に残っていることがあります。明雅先生が『連句辞典』の扉に「四十ぢゃ四十ぢゃと／今朝まで思うた／三十九ぢゃもの／花ぢゃもの」と都都逸を書いてくださったのです。太宰という作家は、私だけのために特別に作品を書いていると読者に思わせる作家だったと言われていますが……。私は先生に特別にかわいがっていただいたと……先生は皆に思わせる方だったと思います。そういうお人柄で、そういう心遣いをされた方だったと思います。

先生が亡くなられて、本当に寂しいです。私は若輩者ですが、年が少なめということで、さらに若い者に連句を伝えていく機会が多いとすれば、先生の教えを伝え続けていきたいです。それが自分に課せられた生き方のように思っています。

遊び心の句

現在、俳諧や連句というと堅苦しくとらえられる向きもあるかもしれません。が、本来俳諧にはおどけたわむれるという意があり、連句とは俳諧の連歌であったわけです。

もともと「文学」には遊び心が欠かせず、特に日本の韻文では、多様な言語遊戯（ことば遊び）が試みられてきました。俳諧・連句の中にも、さまざまな遊び心があります。

こせごと　貞門俳書の『毛吹草』巻一「宜しかるべき句体の品々」の「こせごと」には、以下のような例があります。「こせごと」とは、しゃれ、秀句、地口、口合の意です。

①高野山谷の蛍もひじり哉

②どんぐりもかしこかたぎになるみかな

③よそまでもさぞこゝのかや菊の花

①は、火尻と聖とを掛けています。②はどんぐりが堅い樹になる実であるという意味と、鈍などんぐりも賢くなる身であるという意味とを掛けています。③は九日と此処の香とを掛け、菊と聞くとを掛けています。よそまでも、さぞ九日の菊の花の、此処の香を聞くことができるだろうかと言っているわけです。九日は、九月九日で重陽、菊の節句です。

これに対して、「宜しからざるこせごとの類」として挙げられている例は、以下の通りです。

①四方に春きたぞみな見よ西東

②つく鐘もねびえを霜の野寺哉

③さほに成て空をかけ行ばかり哉

①は来たと北とを、また皆見よと南とを掛けいます。②は寝冷えと音冷えとを掛けています。③は許りと雁とを掛けています。「こせごと」として挙げられた例はすべて同音異義語を利用したしゃれです。

そういった意味では「宜しかるべき句体の品々」も「宜しからざるこせごとの類」と同質です。あまり、違いがないと感じられるかもしれません。強いて説明すれば、宜しからざるこせごととは駄じゃれと言えるのではないでしょうか。

現代連句の遊び心　現代連句に目を転じてみます。

①Kissen が来る Küssen の後　　加藤　慶二
（『夏の日』）

②パンナコッタは「なんのこった」と　　鈴木千恵子

③あなご鮓たのめば出たるたまご鮓　　大野　鵠士
（『鴻々園連句集』）

④乳繰り合うて払ふ臍繰り　　豊田　好敏

⑤未必の恋か密室の故意　　木村　真呂

⑥タベルナといふイタリアの店　　倉本　路子

①は Kissen と Küssen との音の類似を活かしてつくられた句です。昭和四十年代、連句模索時代の作品ですが恋句の傑作として語り継がれています。Kissen はクッション・枕・寝具・布団の意味です。

Küssen はキスの意味ですから、「布団の濡れ場が来るキスの後には」となるわけです。②はパンナコッタとなんのこったとを掛けています。ティラミス・パンナコッタ・クリームブリュレ・カヌレ……と、さまざまなデザートブームに戸惑う人の気持ちを表しています。連句は座の文学ですから、実作の場で聞き間違いが起きたことなどを詠み込めば、遊び心が満載となるわけです。③はあなご鮓（ずし）とたまご鮓とを掛けています。④は乳繰り合うと臍（へそ）繰りとを掛けています。⑤は刑法理論の概念の未必の故意と密室の恋とを掛けています。さらに言葉の入れ替えをして、未必の恋と密室の故意としたところに工夫があります。⑥はタベルナと食べるなとを掛けています。スペイン語で小食堂の意のタベルナが、日本語では食べることを禁止する意となってしまう、その可笑しさを句にしたものです。これらの例がしゃれなのか、駄じゃれなのかは個人の判断によるしかないのでしょう。座では、まさに捌きの判断が問われると言えましょう。駄じゃれを連発することは「おやじギャグ」として世間では嫌われているように思いますが、遊び心の溢れる句は、日本の韻文の言語遊戯の伝統の中に生きるものだと確認する必要があります。

遊び心のある句は、しゃれに限りません。

⑦「海」の中に「母」が棲んでた旧漢字　　鈴木千恵子

⑧親の意見はだんだんに効く　村山加津枝
⑨出る杭は打たれたがってゐるやうで　豊田　好敏
　一寸先は国会の闇　山田　政利
⑩男もすなる化粧懇ろ　武井　雅子

⑦は清岡卓行が、三好達治の『測量船』の中の「海よ、僕らの使ふ文字では、お前の中に母がゐる。しして母よ、仏蘭西人の言葉では、あなたの中に海がある」を引用して、現行の文字の「海」には「母」が含まれていないことを問題にしていた（「秋という文字」『窓の緑』）のを思い出して作りました。⑧は「親の意見と冷酒は後からだんだん効いてくる」という成句を活かしています。⑨は「出る杭は打たれる」のパロディです。それを受けて、「一寸先は闇」をパロディとして時事句が付けられています。⑩は『土佐日記』の「男もすなる日記といふものを……」をもじっています（作品の出典の明記していないものは、『猫嚢作品集』五・六・八・十三・十四・十五・十七から取りました）。

一瞬絶句　パロディということについて、安野光雅が中原佑介の俳句を紹介して「優れたパロディは創作といっていい」と言っています（「一瞬絶句」『エブリシング』）。紹介されている句は、

　わが輩は月に吠える猫である
　誰がために鐘はなるなり法隆寺
　菜の花や月は東に日はまたのぼる

です。初めのものは、『我輩は猫である』と『月に吠える』とをもじっています。また、『誰がために鐘は鳴る』と「柿くへば鐘が鳴るなり法隆寺」のパロディ、「菜の花や月は東に日は西に」と『日はまた昇る』のパロディです。そして、

　さみだれ髪をあつめてはやし最上川　晶子
　古池やボッチャン飛びこむ水の音　漱石

などという句を氏もつくっています。こちらはもちろん「さみだれをあつめてはやし最上川」と「古池や蛙飛びこむ水の音」のパロディです。作者は『みだれ髪』の与謝野晶子と、『坊っちゃん』の夏目漱石の名前になっています。その他に、芭蕉の句が元となったものは、

　静けさや歯にしみとおる秋の酒　牧水
　荒海やみんなちりぢり天の川　白秋

です。これらの元の句は「閑かさや岩にしみ入る蝉の声」、「荒海や佐渡によこたふ天の川」。「白玉の歯にしみとほる秋の夜の酒はしづかに飲むべかりけり」という若山牧水の短歌と、「海は荒海、向うは佐渡よ、……すずめちりぢり、また風荒れる。みんなちりぢり、もう誰も見えぬ」という北原白秋の「砂山」の詞を合わせてパロディにしています。私の勤務校の生徒も一瞬絶句をつくりました。

　雪解けて村いっぱいのマスクかな

これは「雪解けて村いっぱいの子どもかな」のパロディです。雪が解けて春になると、花粉症の人々が大勢マスクをしている、そんな現代の風俗を詠んだそうです。

　名も知らぬ遠き小島のロビンソン
　　花よりほかに知る人もなし

これは絶句というよりも律詩とでもいうべき、パロディの短歌です。「名も知らぬ遠き島」という「椰子の実」の詩の一節にロビンソンクルーソーを連想し、「もろともにあはれと思へ山ざくら花よりほかに知る人もなし」という百人一首の行尊の歌の下の句を続けています。

賦し物　このようなパロディは、日本の韻文の伝統の中で意識的に先人の作の語句などを取り入れてつくる手法として、本歌取りとして定着してきました。『連句　そこが知りたい！』で賦し物とは幅広い言葉遊びであると紹介しました。俳諧では、『源氏物語』の巻名の一字を各句に詠み込んだり、東海道の宿駅名の一字を上方から江戸に向かって順に詠み込んだりするものもあります。現代連句の百人一首の賦し物の表六句の例を挙げておきましょう。百人一首の賦し物には歌の中の語句が取り入れられ、本歌取りの一種となっています。詠み込まれた百人一首の中の言葉に傍線を付します。

　君がため吹く蘆笛や鳥雲に　　無料法師
　　二股大根逢ひ見てののち　　お脳の小町
　孕み鹿しづ心なく目を伏せて　　歩の業平
　　いく野の道に開発の音　　怪屋素性
　有明の月を肴に飲むワイン　　猫忘れ西行
　　秋の草木を風呂に焚付け　　何時見式部

詠み込まれた本歌は以下の通りです。

君がため惜しからざりし命さへ
　長くもがなと思ひけるかな　藤原義孝
逢ひ見てののちの心にくらぶれば
　昔はものを思はざりけり　藤原敦忠
久方のひかりのどけき春の日に
　しづ心なく花の散るらむ　紀友則
大江山いく野の道の遠ければ
　まだふみもみず天の橋立　小式部内侍
いま来むといひしばかりに
長月の有明の月を待ち出でつるかな　素性
吹くからに秋の草木のしをるれば
　むべ山風をあらしといふらむ　文屋康秀

連衆名の「無料法師」は無料奉仕のしゃれ。「お脳の小町」は小野小町。「歩の業平」は在原業平。「怪屋素性」は三十六歌仙の一人でもある素性の名を、本来の性質、素性の意と掛けて「あやしの……」といっています。「猫忘れ西行」は「西行が頼朝から銀の猫を贈られたけれども、門前の子どもに与えていまった」という話によっているのでしょう。「何時見式部」は和泉式部です。これらも遊び心に富んだ戯号だといえましょう。

現代連句の妖怪賦し物の表六句もここにも挙げておきましょう。詠み込まれた言葉に傍線を付します。

脳髄に妖怪増ゆる溽暑かな　こなき爺
　葛素麺を運ぶ朱の盆　Q太郎
青嵐ガラッパ乗せて巡るらん　しょうけら
　一反木綿風にひらひら　狂骨
手鏡にしょうけら映り櫛を置く　塗壁
　烏天狗と踊る満月　一つ目小僧

「朱の盆」は顔は真っ赤で一本角。のっぺら坊のように突然顔を見せて人を驚かすのが趣味。「ガラッパ」は南の島々に住み脚長で河童に似るそうです。河童とも。「一反木綿」は一反ばかりの布のようなものが、ひらひらと飛ぶといいます。「しょうけら」は庚申の夜、早く寝ると災いをもたらすという鬼。屋根の明り取りの窓から覗くそうです。「烏天狗」はつばさがあり、烏のくちばしのような口をしている天狗。威力のない天狗、大天狗につき従う小さい天狗を「木葉天狗」といいます。一名「境鳥」とも。

連衆名の「こなき爺」は山奥にいる妖怪。柳田國男の『妖怪談義』「妖怪名彙」には「形は爺だというが赤児の啼声をする……人が哀れに思って抱き上げると俄かに重く放そうとしてもしがみついて離れず、しまいにはその人の命を取る」などと説明されています。「Q太郎」はオバケのQ太郎。「狂骨」は井戸の中の白骨。井戸の中の忘れられた白骨が幽霊となって相手かまわず祟るといいます。「塗壁」も「妖怪名彙」に説明されています。「夜路をあるいていると急に行く先が壁になり、どこへも行けぬことがある。それを塗り壁といって怖れられている」。「一つ目小僧」は額に目が一つだけの妖怪です（賦し物作品は、「土良猫倶楽部」（編集発行・高橋豊美）第十五・十九号から取りました）。

座での遊び心　最後に、先に述べた座での遊び心ということについても、さらに考えてみましょう。私は『安曇野は昏れて紫　猫蓑庵東明雅先生追悼集』に「関口芭蕉庵時代のことなど」という小文を草しました。一部を再録します。

その関口での忘れられない付けは今宮水壺さん捌きで、私が「男の名呼びまちがへる閨の内」というあまり丈高くない恋句をつくったときのことです。

俺のことかと首を出す犬　　明雅

他にいい付けもあったのですが、先生の俳諧味のある句に連衆は大笑いとなり、この句が治定されたのです。

「他にいい付け」の例としては、二村文人氏の「脂身ばかり安いトンカツ」を記憶しています。大事な場面で違う男の名前を叫んでしまうのは、きっと脂身の多いトンカツのような安っぽい女性だろうという余情付です。前句の人物をよく見定めています。「首を出す犬」は、その場の付けで句意付けでもあります。文音でじっくり治定した場合、「安いトンカツ」の余情に軍配があがることもあるかもしれません。が、座での「首を出す犬」の衝撃は強く、「連衆は大笑いとなり、この句が治定されたのです」。連衆の遊び心がひとつになった瞬間だと言えましょう。

静司さんと二村さん

今や私の人生はそれなしには考えられない連句。その連句と出会わせてくれたのは、二村文人（ふみと）さんである。皆さんは「文人（ぶんじん）さん」と呼んでいらしたが、大学の後輩である私にとっては「二村さん」である。一度つい面と向かって「文人さん」と言ってしまったときに、初めて恋人の名を口にしたような恥ずかしさを覚えて顔を見合わせて笑った。

ところが今回、小林静司さんから文音のお誘いがあり、私の発句に脇を付けていただいて両吟の始まった六月十日に二村さんは倒れられたのだった。そして翌日帰らぬ人となった。半身を失ったようななどというのはおこがましいかもしれないが、大変な喪失感にみまわれた。が、文音が進むうちに、悲しんでばかりいないで自分の人生をしっかりと楽しむことが何よりの供養なのだと、少しずつ思えるようになった。というような経緯で、静司さんと二村さんとの思い出を書いてみようと考えた。

静司さんと初めてご一座したのも追悼の場面と関係している。二村さんと一緒に仕事をしていた連の会が東京であったときに、関わりのあった方と明雅先生を偲んだ一巻をということになったのだ（このときの二十韻は『鴻々園連句集』に収められている）。

最近では、五月の獅子庵落成式でお二人とご一緒した。前夜祭の後楽荘で、大野鵠士さん・松尾一歩さん・富山の奥野美友紀さんと撮った写真が、二村さんと一緒の最後のものとなってしまった。

他にもある中で、楽しい思い出を記そう。二年前の「国民文化祭・とくしま２０１２」の交流会のアトラクションでお二人は同じ舞台に立たれた。「白浪五人男」である。静司さんは日本駄右衛門。二村さんが南郷力丸。今その写真を見直してみると、力丸の番傘を持つ手が不自然に高い。科白に不安があった二村さんは傘の柄にカンペを巻きつけていらしたのだった。

天使揺れ居る

六月十一日の夜、闔小妹さんから連絡を受けた。それから二、三日のうち、あまりに突然で早すぎる訃報は私たちの間を駆け巡った。四十九日が過ぎても、二村さんが亡くなったということが信じ難い思いだった。

ここ数年、日本文学協会近世部会のメンバーは、夏になると長野の原村にある闔さんの山荘にお邪魔して、高田先生をお招きしていた。今年は、清里から高田先生が追悼句をお持ちになり、それを発句として連句を巻くこととなった。

およそ三十年前、二村さんは「近世部会誌」の前身の「近世部会会報」を発行していた時期の代表者だった。部会の夏の旅行（斜陽館と城崎・松江）では、二村さんの捌きで半歌仙を巻いている。今回は鈴木千恵子捌きである。

悼　二村文人氏
半歌仙「天使揺れ居る」

	コスモスや天使揺れ居る山の裾	高田　衛翁
	木立の間より透ける夕月	風間　誠史
	好物のかぼちゃのおやき贈られて	闔　瀬女
	カロリー消費散歩サクサク	柴田　三歩
	ヘッドホン江戸小咄ににんまりと	鈴木千恵子
	新茶二文字墨書する店	奥野美友紀
ウ	町はづれかうもりの飛ぶ麦畑	翁
	暗くなる前つかまへに来て	史
	長き髪想ひにきびを隠しつつ	女
	同じ車両でいつも会ふ君	紀
	ハルピンの雪の地平を月照らす	女
	凍てつく港聖歌流れる	歩
	宗匠は銘酒訪ねて放浪し	史
	書庫の増築猫と相談	女
	スポーツ紙研究室に持ち込んで	史

初雷の遠くとどろく　千
白髪の花笠目深に踊りたり　翁
鉛筆の芯削るうららか　紀
平成二十六年八月　十五日　起首
平成二十六年八月二十八日　満尾
於　原村・有朋山荘　文音

発句。八ヶ岳の山裾にコスモスの咲く景であるが、そこには天使が揺れているようである。そして、いつも明るい笑顔でいらした二村さんの魂も天使と戯れているように思われた。

第三。二村さんは美味しいものが好きだった。実際には、閻さんは松本市新村の有名店「さかた」を教わって、富山大で開催予定だった秋の近世文学会のときには「買ってきてね」と言われていたそうである。そして、お贈りする前に訃報に接することとなる。その後、わざわざ「さかた」に行って大量に買ってきたおやきは、本当に美味しかったとのこと。

五句目。落語や講談を心から愛する方だった。『助六ばなし』の聞き書きなどは、いかにも二村さんらしいお仕事だった。落語にあまり明るくない私のバイブルはご共著『落語の鑑賞201』だった。六月十日もテレビの「ようこそ芸賓館」（出演・柳家喬太郎）を見た後に、倒れられたそうだ。出棺も、真打ちの出囃子「中の舞」に送られてだったとお聞きした。また、講談師の日向ひまわりさんを応援されていたという。六月一日は春の近世文学会の江戸文学まつりで、隅田川馬石の落語「豊志賀の死」や、神田陽子の講談「吉備津の釜」を楽しんでいらした。その日が二村さんとお目にかかった最後の日となってしまった。

ウ七句目。連句の大先達でいらっしゃった二村さんは、美味しいお酒も大好きだった。吉田類の「酒場放浪記」などの番組もよく見ていらした。亡くなる前々日に奥野さんや私たちが受信したメールには、秋の国民文化祭あきたの連句大会の話題があった。先週、太田和彦の「ふらり旅いい酒いい肴」で、皆さんをお連れしようと思っていた「酒盃」を紹介していました、と。

ウ八句目。閤さんの山荘は、スペースがたっぷりである。私たちの置き場のなくなった本、行き場のなくなった本を置く書庫を増築してもらえないだろうか、などという話題がたびたび出る。

ウ九句目。稲田篤信氏が、「初めてスポーツ新聞を都立大の国文研究室に持ち込んだのは、二村くんだ」とおっしゃっていた。好きなことを研究対象とされ、研究の合間に他の好きなことも大事にされていたのだ。

数時間で巻き終えることのできなかった「天使揺れ居る」の巻は、文音で満尾させることとなった。

花の句。芸能を題材とした「花笠」の句をいただいた。二村さんは歌舞伎にも造詣が深かった。女形では秀太郎のぼんじゃりとした風情が好きだったことなどを思い出す。ブログの「秀太郎歌舞伎話」をよく覗いていた。

挙句。近世部会のメンバーは、出身校も現職もさまざまな者が集まっている。

「日本文学」の「日文協と私」に高田先生や西田耕三氏が文章を寄せられているが、読んで改めて心を動かされた。その言葉をお借りすれば、私たちも読むことへの「渇き」を根底に持って、好きな対象に打ちこんで「スパークし、傾倒」したいという思いがあるはずである。そのような共通基盤に立って、比喩的な言い方だけれども、二村さんはパソコンのキーボードを叩くのではなく、鉛筆の芯を削り続ける方であったと思う。

今回、二十八年前の半歌仙「秋山記」を見直してみた。発句は森山先生、脇は高田先生である。

夏に来て湯の香に想ふ秋山記　　森山　重雄
台風逃げて海鳴の音　　高田　衛

二村さんは挙句を詠まれている。

また来る春に上海で会ふ　　二村　文人

今度、二村さんと彼岸でお会いできるのはいつになるかはわからないけれど、また一緒に楽しく巻いてください。合掌。

私の宝物

先生と出会って

『安曇野は昏れて紫』に書かせていただいたように、私は関口芭蕉庵育ちである。

連句教室に通い始めた頃の、ノートを開いてみる。たとえば、「木犀の」の巻、初折の恋だ。

宿六の為に買ひ置く般若湯　明雅
　色半衿を粋に着こなす　淳子
牡丹刷毛湯上りの身のほてりつつ　千恵子

当時の女子大生上がりの私の語彙は貧困で、一直なしで、とてもこの句は作れない。もともとの拙句はもう覚えていないけれど、明雅先生が「牡丹刷毛はどう?」とおっしゃったのを記憶している。魔術師のようにその言葉を取り出してくださったことによって、女性の姿態が浮かび上がるような恋句が成立していた。いつも穏やかで連衆を寛がせながら、魅力的な一巻を作り上げていく、そんな先生のお陰で連句にのめり込んでいくこととなった。

宝物　一

初捌きを経験したのも、関口で先生に見守られながらである。「初捌き」の巻。

啓蟄や初捌きの座和やかに　正江
　濃き紅梅を飾りたる床　清子
駆けりくる素足に春の土あげて　文人

捌きなどとは名ばかりで、大先輩がたが温かく包んでくださっているのがわかる座である。先輩がたも皆さんおっしゃっているが、先生は巻き上げた作品に対してとても丁寧など指導をしてくださった。口語と文語・仮名遣い・同字の打越・カタカナの打越など、十点以上にわたって細かい校合をいただいている。そのお手紙も開いてみて、これは私の宝物だと改めて思う。結びに書いてくださっている。

細かなことをいろいろ申し上げましたが、大筋においては合格なのですから、これから、自信をもってお捌き下さい。よい作品を期待いたします。

遠い日にこんなにもありがたいお言葉があったから、今日まで連句を愛し続けることができたのだとも改めて思う。

また、関口では先生とご一緒させていただいた忘れられない座がたくさんある。「朴散華」の巻。

　朴散華忽ち空の寂しさよ　　明雅
　　しじまを守りて落つる滴り　　隆秀
　新真綿艶しっとりと仕上がりて　　あかり

清水瓢左先生が亡くなられたときの追悼の歌仙だった。

「色も香も」は、秋元正江宗匠が立机されたときの一巻である。

　色も香も紫式部か小式部か　　明雅
　　俳道照らす月の晃々　　郁子
　江鮭（あめのうを）煮つめてをりし箸先に　　正江

この第三までは『猫蓑庵発句集』にも収められている。でも、自慢させてください。その四句目は千恵子である。

　　にやんこの眼して遊ぶ子供ら

猫や子どもといった四句目の常套のような付けを誇りたいわけではない。正江宗匠の立机をお祝いして先生が作られた発句での歌仙。そこに連衆として参加できたという僥倖を、である。

そして、優れた俳諧師であった東明雅と同時代に生きたという、その時間こそが宝物であるということにも気づく。当たり前のように先生とご一座していた、それがどんなに貴重なことであったか。

宝物　二

昭和から平成へと世は変わって八年、連句教室も関口から深川へと場所を移し、私なりに捌きの経験も重ねたある日、わが家に料金不足の手紙が届いた。「国民文化祭とやま」連句協会会長賞受賞の知らせである。

　淡雪の信濃の国に師を思ふ　　千恵子
　　金縷梅ひらく谷ふかき宿　　千町
　蒸鰈好物の母ほぐしゐて　　庸子

しかも発句は先生のことを詠んだもの。松本の友人のところにスキーに行ったときに、ご縁のある土地だなあと思ったら、「やあやあ」という明雅先生の深みのある声が聞こえたような気がして、大きな手を思い出した。その「淡雪の」の巻を特選に選んでくださった。審査員の一員だった先生は、受賞を喜んで葉書を送ってくださったのである。切手を貼らずに。それをお忘れになったのは、さぞや急いで知らせてくれたかったのだろうと都合のいいように解釈して、私の喜びも何倍にもなった。切手のない葉書も間違いなく私の宝物だ。

このいきさつを二村文人さんがご存命のときにお話ししたら、メールが返ってきた。

君は何をするのかねと言いたくなりますね。

夏見舞切手を貼らぬ師の粗忽　　文人

「君は何をするのかね」は、先生の口癖だった。ふざけた恋句を作っては、「君は何を言うのかね」と笑われた。時として、真面目に付けたつもりの句にも言われたけれど。また、先生に褒められたい。そしてまた、呆れられたい。

宝物　三

平成十五年。先生は遠くに足をお運びにならなくなったので、私（たち）は柏連句会に伺うことになった。そこで最後にご一座したときも、後日お葉書をいただいた。

お捌きの「春の空」の巻ウラ七句目、月の字が下に来ていること、鵜飼は月夜にはやりませんので、次のようにお直し下さい。

鵜飼舟無月の川に焚く篝

決して妥協されずに、作品に真剣に向き合う姿勢に頭の下がる思いだった。最後の葉書ももちろん宝物である。

先生とお別れして

明雅先生が亡くなられて一年ほど経って、夢を見た。「千恵子ちゃん、だめだよ〜」とおっしゃっていた。驚いた私が「生活態度のことですか、実作のことですか」と聞くと、先生は「両方だよ〜」とおっしゃった。今考えると、私は俳諧人としても未熟だし、句作の力もまだまだだ。先生が教えてくださったことが身についていない、人に伝えられていない。そんな後ろめたさがあったのだろうか。

繰り返しになるけれども、明雅先生の教え自体が宝物だ。私（たち）は先生の思い出や書き残された物の中から、連句の魅力を再発見して、それを広めていかなくてはならないと思う。

「明雅先生の古典籍」幻視

平成二十八年十一月十二日（土）十三日（日）、日本近世文学会秋季大会が信州大学で開催された。学会に図書展示は付き物だ。九月か十月に、常任委員の平林香織さんから「今回の展示は、明雅先生の蒐集された古典籍」と伺っていた。郁子奥さまや雅子さんにはお伝えしたが、会期などもよく把握しておらず、猫蓑会員に広めるということには思い至らないでいた。そんな学会の直前、信州大学の速水香織さんから猫蓑サイトの公式アドレス宛に、案内があったのだった。その後事務局の手を煩わせ、「信州大学貴重書展」の案内が会員の皆さんの許に届き、私は罪滅ぼしに（？）課題をいただく。以下がそのレポートである。

十三日、学会の昼休みに附属図書館に向かう。朝晩の冷え込みが厳しいのであろう、ドウダンツツジが燃えるように紅葉していた。一階の展示コーナーでは、まず「信州大学の古典籍―東明雅コレクション―」とある解説の前に立つ。すると先生の経歴紹介の中の一文には「また連句では実作の指導者として「猫蓑会」を主宰、信州を拠点とした文芸の振興にも多大な貢献を果たされました」とあった。速水さん、猫蓑の名前を出していただいてありがとうございました。

展示されていた書物は『さくら戸／筆つむし』『祇園物語』『江戸惣鹿子』『恨之介』『清水物語』『太子開城記』『日本永代蔵』『和歌問答』。皆、状態がよく、表紙の箔の美しさなどが目を引く。古典籍の書誌として必要な情報は、巻数冊数・写本板本の別・大きさ・表紙の色や文様・装丁・丁付などである。出版を研究の専門とする速水さんが指導され、学生の書いた解説文は丁寧である。

ところが私はと言えば、もともとあまり古典籍には詳しくはない。そして、今回は特に「信州大学の古典籍―東明雅コレクション―」の方に興味があり、また与えられた課題もそちらであろうと理解していた。

そのような観点から、まず注目したのは『清水物語』。表紙見返しに「東明雅氏寄贈」とあり、ああ、この本を先生がご覧になっていたのだなあと実感できて、感慨にふける。

『日本永代蔵』（初版）も西鶴研究者としての先生の業績を語るときには欠かせない。こちらの見返しには「長野県寄贈」とあり、図書館の受け入れは昭和三十年となっていたが、それは旧制松本高校の時代にお買い求めになったのではと思う。今回コレクションを拝見し、学問を振り返るに際して、かつて先生が「信濃毎日新聞」に連載された「来し方の記」（全十回）を思いだす。その第五回のタイトルは「「永代蔵」校訂に燃える」である。『日本永代蔵』は「西鶴本の中でも最も多く原本が残っている作品」であり、「私が全国の図書館を回って見て歩いただけでも三十本は下らぬであろう」と書いておられる。そして、その三十本のうち、全く同じとみられるものはなく、どこか皆違っていたそうである。ご努力は実り、昭和三十一年に東明雅校訂の『日本永代蔵』（岩波文庫）が出版される。

展示の話に戻ると、詳しい解説は古典籍の蔵書印についても付されていた。『日本永代蔵』には「水谷文庫」の印があり、水谷不倒の旧蔵書であることがわかる。『祇園物語』には「赤木文庫」の印があり、横山重の旧蔵書であることがわかる。

「来し方の記」第四回は「先達の薫陶　西鶴研究へ」。松本駅からバスに乗って、片丘村（現塩尻市）の横山重先生のもとに通い、西鶴本や稀覯本を拝見した、と書いていらっしゃる。「来し方の記」には、昭和三十四年に横山先生が『初期仮名草子集』として「恨之介」を出版された話も出てくる。その中に信州大学蔵本「写本恨之介」が全文写真複製で掲載されている、とある。それが、今回展示されたものである。

附属図書館を出て、私は少しだけ信州時代の明雅先生に出会えたような余韻を味わいながら歩いた。再々度「来し方の記」だが、第六回は「俳諧の伝統継承に使命感」で、根津芦丈先生との巡り会いの話である。

先生が松本から柏に移られたのは、その二十年後のことである。

「あがたの森」幻視

川上弘美は、北杜夫が好きで高校生の頃は写真を定期入れにしのばせていたそうである。高校生の頃の私も、彼の写真を定期入れにしのばせていた。

そして、高校生の私はどうしても縁の土地を訪れたくて、鈍行列車で日帰り松本行きの旅を計画した。

駅は改築前の姿で、揮毫木彫の「松本驛」の表札は駅玄関に掲げられていた。烏城ともいわれるお城の威容を目の当たりにして感動した。最も憧れていた旧制松本高校は、信州大学の移転後、まだあがたの森文化会館としては開館しておらず、入口の外から背伸びをして覗いていたように記憶している。

数年後、私は連句と出会う。

明雅先生はなんと、北杜夫が松本高校で卓球部の主将をしていたときの顧問でいらした。先生の叙勲祝賀会のとき、北杜夫が出席するかもしれないと聞いて、私はずっとどきどきしていた。結局、その姿は現れなかったけれども。当日満尾した付廻し祝賀歌仙が残っていて、世話役の杉内徒司さんが尽力してくださったことがわかる。その表六句。

高々と東へ向けて初国旗　　井本　農一
　年あけ祝す雅楽荘重　　杉内　徒司
頼母しき砕氷船の順風に　　宮坂　静生
　のたりのたりと鯨潮吹く　　高藤馬山人
有明に「月よりの使者」読み返す　　入江たか子
　淡き日さして秋は来むかふ　　北　杜夫

蛇足めくけれども、発句にはもちろん先生のお名前が詠み込まれている。脇の「年あけ」「雅楽」も同様。連句と出会って日の浅かった私は、祝意を込めるというのは、こういうことなのだと学んだ。

それから数十年、話は「明雅先生の古典籍」幻視へとつながる。昨年の秋、近世文学会大会の終了後、闇小妹さんの運転で木越治・秀子夫妻と一緒にあがたの森へ向かった。

あがたの森文化会館は、ヒマラヤ杉に囲まれた洋風木造建築である。武井雅子さんから、先生の研究室は二階の一番奥だったと伺っていたので、玄関ホールから正面階段を上がり、右手へ急ぐ。かつての研究室は、会議室となっていた。ベージュとグレーの落ち着いた色調のドアの前で感慨に耽り、しばらく立ち尽くす。その後、もう一度一階に向かう。和硝子なのだろうか、踊り場の明り窓は少し歪んでいるようだった。外の紅葉が美しい。

閻小妹さんと信州のスキーを楽しみ、信大の官舎に泊めてもらったことは何度もあったけれども、ここに立ち寄ったのは初めてだった。あがたの森（旧制松本高校）はずっと訪れたかったはずの、人生の忘れ物だった。訪れることができたのは、明雅先生の古典籍のお陰だ。この時点で、私の今の憧憬の対象は北杜夫というよりも明雅先生なのだと気づく。

また突然に、ああ私はあがたの森（信大旧校舎）を二村文人さんに案内してほしかったのだ、と気づく。そう思ったのは、いつも心に残っていた言葉があったからだ。

二村さんが急逝された一か月後に、五十嵐譲介さんから手紙を受け取った。それによると二村さんは亡くなる前日の六月十日、信大の同級生にメールを出したそうである。譲介さんの手紙とは……「その内容は、九日九時放送のBS・TBS吉田類『酒場放浪記』で松本の居酒屋『とり八』を紹介しているのを見て、かつて板場を仕切っていた兄さんが今では爺さんになっていたと懐しんだものでした。そしてその最後の言葉が『ああ、青春の城下町』だったそうです。我々同級生にとっては泣けてきます」。東京の大学で後輩だった我々が読んでも、泣けてきた。

松本とは……。旧制松本高校のあった土地。明雅先生が二村文人さんや五十嵐譲介さんと出会い、連句を伝えられた土地。私にとっては高校時代に漠然と「文学」、表現するということに憧れていた頃に縁の深かった地。俳諧の兄の二村さんの青春の地。ということは、現在の自分が形成されるのに切っても切れない地なのだ、ということを発見したあがたの森行きであった。

夢想

私事で恐縮だが、今年の一月三十一日に父が亡くなった。二週間ほどして夢を見た。夢の中で父と連句会に出掛けている。実際には父は文学的なこととは無縁の人だったのに。私は父が発句を何とかひねり出すことができるだろうかと心配でならない。しかし、ふと気づくと自分も発句を用意していない（これは正夢のようでもある）。どうもこの座は地方大会のようである。ご当地にご挨拶もしなくてはならないのに……。焦る私に、一座の方が助け舟を出してくださった。「これで作るのはいかがですか」と。その手には地元の〝つくばい煎餅〟なるものが乗っていた。「そうか、蹲、蹲……」と苦吟する。茶室の庭先の蹲はたしかな存在感を持っているけれども、春はその雰囲気も柔らかくなっているのではないかしら。そこで一句、「蹲もやはらかさうな春の水」。目が覚めて不思議だったなあと振り返る。夢の中で名句を作ったと思っても、とるに足らない句であったりする。少しは頭が働くようになると、春になっても蹲の石自体が柔らかくなるわけではないのだと気づく。「蹲もやはらぐやうな春の水」と一直する。夢で作ったにしてはまともなのではないだろうか。

この先は総会でお会いした方には、お話した通りである。名物らしい煎餅が気になったので、調べてみた。すると〝つくばい煎餅〟はなかったけれども、「「吾唯足知」（われただたるをしる）と彫られた、京都竜安寺の有名な「知足のつくばい」からヒントを得て作」ったという〝知足煎餅〟が仲見世に売っていた。買い求めたのはもちろんである。

夢に啓示を得た句で巻いたものを「夢想之連歌」といい、一座を「夢想披き」という。夢想之連歌は百韻である。夢の句が短句の場合は、長句から一〇〇句付け一〇一句で百韻となるそうである。百韻は巻かず、煎餅にたどり着いた今回は「夢想之連歌」ならぬ「夢想之菓子」となってしまったが、万一また機会があったら、その時こそ「夢想披き」をしてみたいと思う。

初出一覧

Ⅰ連句に関する覚書

「面八句を庵の柱に懸置」考　「近世部会誌」第三号（平成二十年十二月）
与奪とは何か　「近世部会誌」第一号（平成十九年一月）
あいさつ　「日本文学」（平成二十四年二月）
「灯の花」と「盃の光」　「近世部会誌」第九号（平成二十七年三月）
神祇・釈教・恋・無常　「近世部会誌」第十二号（平成三十年三月）
歌舞伎と俳諧　「獅子吼」（令和元年十一月）

Ⅱ連句作品

第一章　連句に挑戦
梅が香に――総合芸術としての連句　「連句協会会報」（平成二十三年十月）
「梅が香に」文音　書き下ろし
第二章　「老が恋」解説付き
「老が恋」解説　書き下ろし

Ⅲエッセイ

西鶴と高校教師　「ねこみの通信」第二十八号（平成九年七月）
関口芭蕉庵時代のことなど　『安曇野は昏れて紫』（平成十六年五月）
遊び心の句　『連句 学びから遊びへ』（平成二十年五月）
静司さんと二村さん　書き下ろし
天使揺れ居る　「近世部会誌」第九号（平成二十七年三月）
私の宝物　「猫蓑通信」第百二号（平成二十八年一月）
「明雅先生の古典籍」幻視　「猫蓑通信」第百五号・百六号合併号（平成二十九年一月）
「あがたの森」幻視　「猫蓑通信」第百七号（平成二十九年五月）
夢想　「日本連句協会会報」（平成三十年六月）

著者

鈴木千恵子（すずき・ちえこ）

東京都立大学大学院博士課程満期退学。連句結社猫蓑会理事。日本連句協会理事。著書に『西鶴が語る江戸のラブストーリー』（共著、ぺりかん社、二〇〇六年）、『連句　学びから遊びへ』（共著、おうふう、二〇〇八年）、『気楽に江戸奇談！RE:STORY 井原西鶴』（共著、笠間書院、二〇一八年）など。

杞憂に終わる連句入門

2020（令和2）年6月11日　第1版第1刷発行

ISBN978-4-909658-32-6　C0095　

発行所　株式会社 文学通信

〒170-0002　東京都豊島区巣鴨1-35-6-201

電話 03-5939-9027　Fax 03-5939-9094

メール info@bungaku-report.com

ウェブ http://bungaku-report.com

発行人　岡田圭介

印刷・製本　モリモト印刷

ご意見・ご感想はこちらからも送れます。上記のQRコードを読み取ってください。